からだに従う

ベストエッセイ集

谷川俊太郎
田　原　編

集英社文庫

からだに従う　ベストエッセイ集　目次

からだに従う　ベストエッセイ集

失恋とは恋を失うことではない

失恋のすべてを通じて確かなことは、僕等（ぼくら）はどんな失恋をするにしろそれは恋を失うことではないということです。失恋とは恋人を失うことかもしれないが、決して恋を失うことではない。

僕の友達の一人に失恋について奇妙な誤解を抱いていた奴（やつ）がいました。ある時失恋について話していたのですが、妙に話が食い違うのに気づいたのです。そこでよくよくその友達に問いただしたところ、彼は失恋とはふられることではなくてふることだと信じこんでいたというのです。つまり彼によれば失恋とは恋を失うと書く、ところが相手にきらわれる方は、きらわれるだけで、自分の方はまだその相手を好きなのだから恋を失ったことにはならない、だが反対に相手をきらう方はもはや相手を恋することは出来なくなっているのだから、これこそ本当に恋を失っているのだ、というのです。彼はだからふった方よりもふられた方がまだ幸福だと云（い）い張るのです。彼はふだんから逆説的な言葉をもてあそぶ見栄坊でしたから、或は彼はその時失恋していて、（彼の云う意味でなく、ごく普通の意味で）そのためにそんな新説をひねくり出したのかもしれません。しかしそれはともかくとしてこの新説はその逆説的な云い方で、妙に本当のところをついているように僕には思えるのです。

恋している者は偉大な創造者です。しかし恋されている者は、もし恋されているだけならば、哀れな享受者にすぎません。恋している者は相手のほんの小さな表情、とるにたらない言葉などをいちいち気にかけながら、そしてそのため相手に完全に支配されているように見えながら、実は自分ひとりだけで自分の生を類ない喜びで一杯にすることが出来ます。恋はそれがどんなに苦しいものであろうとも、喜び、もっとも尊いもっとも満ちあふれた喜びに他なりません。たった一枚の薄汚れた写真を前にしているだけで、僕等は何と完全に充実した数時間を、或は一日をさえすごせることでしょう。或はまたその人のほんのかすかな眼の動きを思い出して銀座から青山一丁目までを足の疲れなど一秒も感ぜずに、喜びにみたされたまま歩いてしまうかもしれません。誰が何時こんなにみちあふれる生の瞬間をもつことが出来るでしょう。たしかに恋している者こそ幸福です。恋している者はよく生きることが出来るのです。それがたとえむくわれない恋であろうとも。いやむしろ恋にはむくわれるなどということはないのだ。僕等は自分で種子を播き、自分でその生長を楽しみ、自分で収穫し、その収穫を自分のものに出来る。

恋とはそれ程孤独なものなのかという人がいるかもしれません。恋は自分のためのものではない。恋はひととひととのつながりのためのものではないのか。

僕は恋と愛とを切り離して考えたくはありませんが、また全く混同して考えたくもありません。恋の前では僕は多少ふざけて気軽に話すことも出来る。しかし愛の前では愛の前になどと云うこと自身もう気がひけますが、僕等は愛の前にいることなど出来ない筈ですから——僕は襟を正さねばならない。そして愛についてなら僕はもっとずっと口数少なになる。僕は本当は愛のまわりを避けて通りたかった。しかしそれはずるい考えでした。恋はおそらく恋だけでは孤独なものなのです。しかし愛は……どんな時でも、どんなところでも、僕等は生きてゆく限り常に愛にぶつかる、僕等は恋の中でも勿論愛にぶつかるのです。そして恋を孤独な「結晶作用」としてだけ考えたりせずに、それをひととのつながりとして考えようとすれば、どうしても愛という言葉をもち出さない訳にはいかないのです。しかし今は一寸愛をそっとしておきたい。僕は先ず恋から入らねばならないのです。

恋は、愛ではなく、恋は本質的に孤独なものなのではないでしょうか。僕等は、今此処に自分のもっているものを恋いはしない。僕等はいつも自分から離れているものを恋するのです。それは物理的な距離を必ずしも意味しない。かたわらにひとが座っていても、もしそのひとの心が遠ければ僕等は恋するのです。恋はだから飢えや渇きに似ています。僕等は先ず自分が満たされていないことに気づくのです。そしてやがて僕等は恋すると同時に恋されるようになるかもしれない。しかしその時でさえまだ恋は満ち足りない。心も体も一緒にいられる束の間を除いて、僕等は心の遠い時は心を恋し、体の遠い時は体を恋する、いや心とか体とか分ける以前にもう僕等の存在自体が自分をとりかこむ遠さに過敏になってしまいます。僕等はそのために自分は自分以外の何かとむすびつこうとしているのだと思います。

しかし実は僕等は一体どれだけ自分の情念と夢の柵の中から外へ出ているでしょう。恋人の写真を前に想いにふける時、僕等は自分を孤独だとは思わないかもしれない。しかしその時僕等は決して自分以外のものと結ばれてはいない。僕等は自分の情念の中を酔っぱらって千鳥足で歩いているにすぎないのではないか。僕等は何か自分ひとりの孤独な仕事に熱中しているのではないか。

恋は僕にとっては二重の意味で孤独なもののように思われます。第一にそれは自分とひととの間の遠さを――そしてそればかりでなくもっと得体の知れない遠さの群が自分をとりまいていることを意識させるという点で人を孤独にする、そして第二にそれは一見他とのつながりを求めているように見えながら、人をかえって自分の中に閉じこもらせ、その中でむしろ人を夢想させるにとどまるという点で孤独です。もし人がひととのむすびつきを求めて考え、或は行動し始めたら、それはもはや恋ではなく愛かそれともまた慾望か何かほかのものになり始めるように僕には思えるのです。

もはや恋しなくなった時、はじめて本当の愛がはじまる、と云ったら抽象的すぎるでしょうか。

恋する者は自分一人だけで幸福になれるのではないでしょうか。僕等は失恋して悲しむかもしれない。しかし僕等はもともとひとりだったのではなかったか。そして恋することが出来る、それだけで僕等はもう幸福な筈です。

失恋とは恋を失うことではないと僕は云いました。失恋しても僕等は恋することは出来る。そしてそれはすばらしいことです。僕は決して自慰的な感傷主義や、妙に悲壮がる自己陶酔についてしゃべっているのではありません。僕はむしろ失恋してもなお恋することの出来る愛について云いたいのです。その愛は決してただ男と女との間の愛のみを意味しません。それは僕等が生まれながらにもっている生きることへの愛、世界への愛なのです。そして恋する者は、恋することによってまたそのような愛をより深く知るのではないでしょうか。恋人を失うことは苦しいことだけれども僕等はそれですべてを失うのではない。僕等は生き、世界は僕等に残されている。そして苦しむ程僕等は生きることを愛するようになる、相手のない恋に堪えている間に、僕等はきっとそれさえも生きているものの特権だと思うようになります。晴れた空や、若い樹や、いきいきとした街をやはり愛しているのだということに気づくのです。

世界が私を愛してくれるので
（むごい仕方でまた時に
やさしい仕方で）
私はいつまでも孤(ひと)りでいられる

私に初めてひとりのひとが与えられた時にも
私はただ世界の物音ばかりを聴いていた
私には単純な悲しみと喜びだけが明らかだ
私はいつも世界のものだから

空に樹にひとに
私は自らを投げかける
やがて世界の豊かさそのものとなるために

……私はひとを呼ぶ
すると世界がふり向く

そして私がいなくなる

僕はひとを愛する時にも、それがいつも世界への愛と同じものであることを念(ねが)います。僕等は恋する者の孤独もまた世界への愛のうちにあるということに気づく。「現代人が孤独をかこつのを耳にするとき、私は事情を諒解(りょうかい)する。彼等はコスモスを失ったのだ。――欠けているのは人間的なものでも個人的なものでもない。それはコスモス的生命、吾々(われわれ)のうちなる日月である」とロレンスはそのアポカリプス論の中で云います。僕の云う世界はこのコスモスと同じものです。もし僕等がこのコスモスへの愛をもっていなければ僕等は恋することさえ出来ない、そしてもしもっていれば僕等はどんな苦しい失恋にでも堪えることが出来るのではないでしょうか。恋を超えたもっと大きな愛に支えられて。

青年という獣

最近の写真を見ると、ぼくの顔もだんだん人間に似てきたようだ。つい先頃まではぼくも青年というれっきとした獣だったのだが。大人たちはぼくが彼等の仲間入りをせざるを得なくなってゆくのを見て、心中ひそかにざまあ見ろと思っているらしい。すこしやつれたようだね、などと云われると、ぼくはすかさず、世帯の苦労がありますからね、と答える。これは大人に対する大変有効な世辞であるらしい。彼等は例外なく嬉しそうに大口を開けて笑うのである。

実は幼い頃には、人間にだけはならないでおこうとひそかに決心していたものだった。その頃、ぼくは虎のように孤独に生きるんだ、とある女友達に気張ってみせたら、彼女は大声で笑い出した。その時には理解しかねた彼女の笑いの意味に、近頃やっと気づきかけている。そんな呑気なことを云えたのも、ぼくの育った環境が一応大変楽なものだったせいであろう。しかしそのおかげでぼくは後顧のうれいなく十分に、コスモスというものに気づいていることが出来た。それがぼくの青春に他ならない。

　ぼくがかつて〈二十億光年の孤独〉という詩集を出した時、詩人ならざる成人たちはいずれも社交的な讃辞（さんじ）のかげに、そこはかとないあわれみとあなどりの笑みをかくしていた。ぼくだって生活のおそろしさというものに、その頃からすこしずつ気づき始めていたのだ。そして今、その生活にぼく自身も一歩踏みこんで、そのおそろしさだけでなく、そのかなしさをも知り始めてはいるのだが、それでもぼくはかつての成人たちの笑みを決して肯定はしない。

　人間は人間でなければならない、そんな当り前なことはないであろう。しかし、人間は人間でありすぎてもならない、などと云うと、えてして馬鹿にされる。だが、そう云うことの出来るのが青年の特権だとぼくは思う。

　青年は非人間的であることによって人間になる。若さとは、もともと社会とは無縁なものだ。青年はコスモスに支配される。彼を支配するものは決して人間ではない。彼が学生運動に身を投じようと、一片の遺書を残して心中しようと、彼を動かしているものが若さのもたらす情念であることに違いはない。その情念は人間を通してではなく、直接に、むしろ肉体的にコスモスとむすびついている。青年の時代は肉体の時代なのだ。人はいわゆる〈春のめざめ〉によって、初めて本当に生に与（あずか）るようになる。それが青年の始まりである。そうして彼はコスモスの正当な支配を受け始める。青年は、少女の愛らしさに気づき始めると同時に、夕焼雲の美しさ、朝の微風の快よさ、ウィスキーの苦味、街のざわめきなどに感動し始める。彼は先ず肉体で世界をおぼえ始めるのだ。彼がいくら精神的になろうと努力し、またそうであると自負したところで、青年の精神ほど肉体的なものはないとぼくは思う。

生きているということは、肉体的なことにすぎない。それが肉体的でなくなってくるのは生活によってであるとぼくは考えている。青年の青年たるゆえんは、彼がまだ人間の生活を知らぬところから来る。こういう云い方をするといかにも、おまえは苦労を知らないからな、と云われそうな気がする。だがぼくには、青年が生活の不幸というものを、本当に人間的なものとして受けとることが出来るのかどうかが少々疑問に思われる。青年は、悲しんだり怒ったり、苦しんだり傷ついたり、そしてものに厭（あ）きたりもするが、決して本当の倦怠（けんたい）というものを知ることの出来るものではないとぼくは思う。それは青年の肉体の構造からそうなるのである。彼はいわば出来たてなのだ。彼は新しい。そのため世界も新しい。彼は育つ、そのため世界も変るのである。彼がもし健康な肉体の持主であるならば、彼は不幸を、それが貧乏であれ、何であれ、ただ彼をおびやかす敵のようにして相手にするだろう。そうして彼は頭は抽象的な理窟で一杯にしているかもしれないが、実は自分では気づかずに、肉体的にそれと戦ってしまう。

肉体以外のもので青年のもっているものは、それが何であれ、すべて夢なのである。

彼は本当は肉体の現実以外の現実を知らない。即ち彼はコスモスを知っているが、未だ人間を、特に人間の生活というものを知らない。それは彼の貴重な特権だ。そして青年の役割というものを、ぼくはそういうところからひっぱり出したいと思っている。

生活とは倦怠のことではないのだろうか。それは成人たちの間の暗黙の秘密なのかもしれない。ぼくはこういうことを口に出すべきではないのかもしれぬ。おそらくぼくももう少し年老いたら、生活というものを大人の秘事として黙っているかもしれない。だがぼくはそうするにはまだ一寸若過ぎるらしい。最近になって、ぼくは自分の感受性に自らが厭き始めているということに気づいた。これはぼくにとっては大きなことであった。何故ならそれはぼくにとって、生命力のおとろえの、或はそれが大げさであるならば、少くともその停止の始まりに思われるからだ。恐らく、ぼくはもう若くなくなりつつあるのだ。生活というものが始まったということをその時からぼくは肝に銘じた。だがぼくにはまだ厭きることが新鮮なことにみえる。その点でぼくはまだ自分の若さを自負してもいるのであるが。

肉体が性的に完成することによって、人は生に与るようになる。だが生に与ることは、生活に与ることとは違う。生活に与ることによって初めて青年は成人するのだとぼくは考える。その時彼は初めて文字通り人間に成るのだ。現代では一般に、結婚と働くこととによって青年は成人する。やや図式的な仕方であるが、ぼくは、人が生に与ってから、生活に与るまでの間を青春、従ってそれが青年の時期であると考えることにしている。生きているということと、生活しているということとの相違をもっともてっとりばやく云えば、前者を非人間的、後者を人間的と云って差支えないだろうとぼくは思う。生きるとは、コスモスの中に生きることだ。だが、生活するとは、人間の社会の中に生きることだ。現代ではこの違いを理解する人は少い。むしろ下手をすると、コスモスなどという言葉は野暮な言葉、悪くすると危険な言葉にされかねない。青年は意識的、無意識的にかかわらず、これに抗議する。青年は生きようとするものであって、生活しようとするものではない。一見如何にソシアルに見える彼の行為も、その意味では本当にソシアルになり得ないものだとぼくは思う。何故なら、人間以外のものになることを、いやいやながらでもあきらめてこそ、初めて人は人間になれるものだからだ。人間は生活という唯一の現実によって人間になる。青年は生活以外のすべての夢によって青年になる。

　青年は人間である必要はないのだ。彼は自分の夢を喰って生きるくらいの非人間的な強さをもっていなければならぬ。倦怠はおそかれはやかれ彼を襲うのだ。その前に、彼の肉体がまだ新しいうちに、青年は彼の役割を果さねばならぬ。ビリイ・ザ・キッドは若かった。彼は太陽や風や、残酷な青空や、愛らしい女を知っていた。彼はコスモスとその中の生命とに気づいていた。彼は人間や、その生活などを知りはしなかった。彼が強かったのはそのためだ。彼は死のもつ非人間的な意味だけに気づいていた。死のもつ人間的な意味などに気をとられなかった。彼の手が震えなかったのはそのためだ。そしてそのためにこそ、彼は人間としても偉かった。彼は人間を代表して、コスモスの真只中に立ってひるまなかった。彼は人間を殺すことで、コスモスと戦ったのだ。

ぼくのビリイは、ぼくに似てまだ少し若すぎるだろうか。だが生活というものはえてして青年を怒らせるらしい。ぼくには、生活の中にすっぽりはまりこんでしまって、コスモスなど思い出しもしない成人たちがうらやましい。彼等はもはや死をも生活的に理解する。何というすばらしい智恵だ。彼等にもう一度ぼくらの出来たての肉体を貸してやりたい。コスモスの中の生命がどんなものか思い出させたい。ぼくらがいかにコスモスと戦い、いかにそれに従うかを見せてやりたい。人間のもたざるを得ない非人間的な役割に気づかせたい。

青年が青年の時代をもつことの難しいのが一般に日本の現状である。青年らしさなどというものはあまりはやらない。早く大人のように悪賢くならないと、いつ食いはぐれるかわからないからである。だが肉体が若い限り青年はどんな時にも青年なのだ。大人たちはいつも若さのもつ非人間的な秩序というものに気づいていなければいけない。そして青年を動かすものはコスモスであって、決して大人たちではないということにも。大人たちはただ自分たちの人間的な秩序というものを、正しいと信ずる形で見せるだけでいい。青年はいつかはそれを受けつがざるを得ないのだから。だが大人たちが青年に人間を強制すると、青年は本能的に自らの非人間的な秩序でそれに対抗しようとする。非人間性が本当におそろしくなるのはこのような時である。だがそうでない時には、青年という獣は、その非人間性によって、かえってコスモスの中の人間の位置を正しくするとぼくは思う。

（「新潮」一九五五年六月号）

女＊果てしなき夢

女、という一語を口に出しただけで、もう私は万感胸にせまって何も言えない。但、この万感は、文字通りの万感なのであって、必ずしも感激の感だけとは限らないのである。倦怠、嫌悪、愛、悔恨、なつかしさ、かなしみ、楽しさ、ありとあらゆる感情と感動のために、私の胸は千々にひきさかれてしまう。だから私は、女についてのこの文章も断片的な形で書かざるをえない。もっとも少々利口な男ならば誰でも、女について論理的になることの馬鹿々々しさくらい知っている筈だが。

＊

女は、とこう書いただけで、私はもう絶句してしまう。この一語の後には、すべての言葉が可能だ。例えば、動物園へ行ってみようか。ボナンザグラムではないが、女は、のあとに続く動物を探してみよう。例一、女は手長猿だ。なかなか直截な言い方だ。例

二、女は狐である。真理だが、少々言い古された感がある。例三、女は虎だ。簡にして要を得ている。特に夜間の場合など。例四、女はガラガラ蛇だ。鋭い暗喩である。核心をついている。例五、女は白鳥である。やや感傷的だが、ある場合には正しい。例六、……等々。かくの如く、いかなる動物をもってきても、ふさわしいのだ。そうして同時に、いかなる動物をもってきても、それで言いつくせているということはない。何も動物に限らない。男にとっては、女というものは、いかなる言葉をもってしてもとらえられぬあるものなのだ。私は何も、女、この複雑なるもの、などと言いたいのではない。女について書いている自分の馬鹿々々しさを呪っているのだ。女を愛したり、にくんだり、倦怠したり、いじめたり、子供を生ませたりすることは出来るが、女について書くなどということは、医学的に書くのを除いて、本当の男には出来ぬことなのだ。女について書くことの出来るのは、シモーヌ・ド・なにがし女史のような女自身か、でなければ宦官くらいのものだろう。

＊

男にとって、女とは、或る全体なのである。それは彼の生きねばならぬものなのだ。空や地のように、それはそれ自身の存在において完成し、生きようと思えば、男は決してそれを避けることは出来ない。

女のその全体性、それが男をうんざりさせ、それがしばしば男を打ち負かし、同時にそれが常に男を慰める。

詩人たちはよく女の体を風景にたとえる。なだらかな二つの丘、それに続く斜面と、そのはずれにある小さな叢(くさむら)などと。これが比喩だとしたら、何と拙劣な比喩であろう。だが、これは比喩ではないのだ。これはひとつの実感なのである。

女と大地、これ程似通ったものはない。男にとっては時にはそれらは殆(ほとん)ど同じひとつのものだ。女は横たわり、そして受け入れる。女は待ち、雨に降られ、種を蒔(ま)かれ、そうして育てるのだ。女は重さだ。女は空には憧れぬものなのだ。天使は男である。そうして、ミステール四号機を駆って、時速一千百五十一粁(キロ)時の婦人世界最高速度記録を出した、ジャクリーヌ・オウリオル夫人の顔はもはや女の顔ではない。それは中性の顔だ。

＊

男は飛びたがる。男は離れたがる。男は軽さなのだ。接吻(せっぷん)を重ねれば重ねる程、男は軽くなる。女は逆に、接吻を重ねれば重ねる程重くなる。三日間女と一緒にいると、もう男はひとりで酒が飲みたくなる。その代り、三日間女と離れていると、男は猛烈に女が恋しくなる。女は違う。三日間男と一緒にいると、女はその男と一生一緒にいたいと思う。その代り、三日間男と離れていると、女はその男を忘れてしまう。

結婚とは、男にとっては、女の重さに耐えることだ。それは同時に、地球の重力に耐えることでもあるのだが。

女にとっては、結婚とはアドバルーンを飛ばしているようなものだ。昼間は適当に男を飛ばし、夜は洗濯物と一緒に彼をとりこむ。むずかしいのは、その飛ばし方だ。手を離してしまっては勿論いけないし、あんまり低いところで押さえておくのもいけない。

＊

結婚というものは、たしかに結婚というものなのである。結婚ということではない。結納というものから始まって、モーニングに高島田、たんす、鏡台、茶碗(ちゃわん)、鍋、釜、犬小屋、エプロン、靴べら、表札等々。もしこれが時代おくれだというのなら、ミキサー、電気洗濯機、アイロン、テレビ、真空掃除機だっていい。そうして毎日の食事、パン、紅茶、ジャム、豆腐、油揚、牛肉、卵、さしみ、みかん等々。夜になればまた、敷ぶとん、掛ぶとん、電気スタンド、その他。これらのおびただしいものの間に秩序をつくり、そのものの制度の中で男を飼い馴(な)らすこと、それが女の仕事だ。結婚とは、先ず愛情ではない、先ず制度なのである。〈私はお掃除も下手だし、御飯もこがしてばかりいる。でも大丈夫、彼は私を愛してくれているんだもの〉とんでもない主客転倒だ。男にしたところで、あらゆる些細(ささい)な理由で女を愛するものなのだ。

家庭の中では、女が政治を司(つかさど)るのである。民主制であれ、封建制であれ、女は先ず有能な政治家でなければいけないのだ。彼女は確固たる制度を維持し、男を統治しなければいけない。

＊

男の、女に対する夢ほど深く根強い夢はないと私は思う。その夢があんまり深いので、おそらく殆どの男は、女の本当の姿というものを一生見ることが出来ない。男がその夢から覚めることの出来るのは、男のあの短いオルガスムスの間だけだ。あの快楽の一瞬、男は女の本当の現実に目覚めている。だが、その一瞬が終ってしまうと、男はまた夢見始める。女ってなあ、何て退屈なものなんだろう、などと。

少年時代の夢は美しい。男は誰でも一度は彼のベアトリーチェを夢見る。私自身についていえば、私は小麦色の肌、仔鹿(こじか)のような肢(あし)、いつも怒ったような純潔な顔を夢見ていた。即ち私は女でないものを女として夢見ていたのだ。最初の接吻が私の感傷を大層肉感的に溶かしてしまった。そうして私は、肉の現実を知った――と思った。だが、おそらく殆どの成熟した男たちが、女の本当の現実だと思いこんでいるこの肉の現実というものも、少年時の夢とそう大差はない夢なのだと私は思う。肉の現実のあとには、生活の現実というやつが来る。これがもっとも現実的だ。だが、生活の現実の中の女だけが、本当の女だと思っている男たちは、やはり怠惰な眠りをむさぼりながら夢見ているのである。

＊

女こそ、おそらく本当の現実の名に値する巨大な現実のひとつであろう。人類誕生以来、女という現実は絶えることなく男の前に立ちふさがって来た。その現実のあまりの巨大さに男は哀れにも目がくらんでいるのである。だから彼は夢見ることによってしか、その現実をとらえられない。それを本当に知ることは、天文学的努力を必要とするだろう。男にとって、女とは人間を超えたものである筈だから。男と女の関係とは、単なる人間的関係にとどまらない。それはコスモスの有機的な一部分として、コスミックな関係と言えるのである。そのような深い宇宙的生命感こそが、男をして本当に女を知らしめるものではあるまいか。肉の現実も、生活の現実もその宇宙的現実の上に立たなければ、ただの夢にすぎない。

＊

男にとって、何野何子を愛するということは、何野何子の個性を愛するということではないのだ。彼は、何野何子の中の女を愛するのである。女の人間的魅力などというものは、しれたものなのだ。男にとっては、女の魅力とは、その性的魅力以外の何ものでもない。性的魅力という言葉は、近頃少々せまく解釈されすぎる。私のいうのは、コントラバス・スタイルとか、ウォーク・アウェイのことではない。例えば、マリリン・モンロオの魅力を、殆どすべての人たちはその表面的な肉体のなやましさからくると思っている。だがそれは思い違いというものだ。モンロオの魅力はもっと深いところからくる。もっと深い女性的生命のやさしさの魅力なのである。男たちは自分でも気づかずにそのやさしさに動かされているのだ。彼等はてれかくしに口笛を吹いたり、わざとワイセツなことを叫んだりするが。

女はしばしばそれを理解しない。彼女等は男に愛されようとして、自分たちの利口さや、才能やをひけらかす。でなければ、ひどく浅薄に女というものをひけらかす。どちらも男にとっては何の救いにもならない。

＊

どんな男でも、本当の男である限り、彼は女なしでは生きられないし、また生きてはいけないのだ。彼は人間と、そして彼の一人の女のために生きてゆくものなのだ。彼の生き甲斐(がい)は仕事と、家族の他にはない。この単純な真実こそ、何万年の昔からあらゆる男の守りつづけてきたことなのだ。

＊

さて、これは私の万感のほんの一部にすぎない。むしろその一部でさえないかもしれない。書くことが仕事であるから、私は女について書かざるを得なかった。西部の男たちなら私を笑いとばすだろう。女ってなあ、抱いてやるもんだぜ、え、詩人さん！

では、一日の仕事も終りに近づいた、私も私の女の方へ帰ってゆくことにしよう。どうか彼女がくだらないおしゃべりで私を悩ましませんように。

愛をめぐるメモ

結婚――マックス・ピカートの美しい言葉。

結婚のなかにあるもの、……それは一人の男と一人の女、何人かの子供、食べたり寝たりするための僅かの家具什器、そして恐らくは二三匹の家畜、ただこれだけのものである。世界創造のはじめには丁度そのようであった。しかも、世界創造のはじめから今日に至るまで、常にただこれだけのものが、結婚家庭のなかに存在していたのである、――すなわち、一人の男と一人の女、それに何人かの子供と幾つかの道具。……富が築かれ、そして滅ぼされた。夥しい人間が地上を充たし、そしてまた大地の下に消えていった。大洪水が襲来し、そしてふたたび新しい土地が生じた。それでも、常にかわることなく、何人かの子供と幾つかの道具とをたずさえた一人の男と一人の女とが、結婚家庭のなかに依りそって立っていたのである。

何時でもわれわれはまたここへ帰って来ることが出来る。何時でもまた、われわれはここから始めることが出来るのである。

（ピカート『ゆるぎなき結婚』佐野利勝訳）

結婚を信じなおさねばならない。私たちは結婚を単に社会的な形式として考えるか、でなければそれを愛という全能の一語の下に、あまりにも曖昧で主観的な一種の男女関係にまでおとしめてしまう。結婚はひとつの秩序なのだ。しかもそれは人間的な秩序であると同時に、人間を超えたものにかかわる秩序なのだ。その意味で、結婚の中に宗教的なものを殆どもつことの出来ぬ現代日本の若者たちは不幸だと云わねばならぬ。だが、三三九度の盃（さかずき）が如何にこっけいであろうとも、結婚の中に自らを超えたものを見出（みいだ）すことは出来る。夫は夫だけでは何者でもない。妻も妻だけでは何者でもない。だが夫と妻とが力をあわせて、日々を生活してゆく時、二人はただ単に一組の男女ではない。彼等は愛によってよりも先に、結婚というものによってむすばれて、ひとつの秩序を世界のために支えているのではあるまいか。

接吻

どんなおしゃべりな娘も、接吻する時だけは口をつぐむ。どんな食いしんぼうの男も、接吻する時だけは口を休める。接吻は飲み食いやおしゃべりと両立しない。そこに接吻の尊厳と美とがある。同時にその効用もある。

接吻。黙っている合言葉。

接吻とは本来欲望の表現であるより先に、親しみの表現である。それは自分の満足のために奪うものではなく、お互いの喜びのために与え合うものなのだ。

接吻が先ず愛をその始源的な静けさにみちびく。

どんなに気のない接吻にでも、接吻の意味はある。接吻はひとつの形式でもあるからだ。如何なる接吻も、それを言葉に飜訳(ほんやく)して云うことは出来ない。倦怠期の夫婦の儀礼的な接吻にも、それなりの効用はある。少くとも彼等はそれによって礼節だけは保っていられるというものだ。

接吻は、動物たちの体をなめ合うのが進化して出来た形ではあるまいか。接吻の中には何かそういう親しく和やかな感じがある。欲望のための性急な接吻しか知らぬ者は不幸なるかな。接吻には無限の変化がある。性の交わりには常に、オルガスムス＝受胎という一種の機能的終点がついてまわる。そのためそれは、如何に快楽だけを目的にしたものであっても、妙な重苦しさをもっていて、純粋な遊びにはなりきれない。だが接吻はもっと軽やかなものだ。それは仔犬のふざけっこのように、純粋な遊びでもあるのだ。

欲望

欲望の中のやさしさに男は照れる。彼は自分の欲望は、penis君の元気のいい時にだけ存在しているもんだと思っている。欲望の去った後の、やさしい彼を、男は恥じる。だが女は、そのやさしい彼、おとなしい彼、今や女よりも無力な彼を愛する。女はやさしい彼の中に休んでいる欲望を敏感に感じとっているのだ。

無理におさえると欲望は粗暴になる。素直な形であらわにされた欲望はやさしい。往来で、かわいい娘に向かって口笛を吹くというあの南欧的な習慣は美しい習慣だ。だが、その口笛は物欲しげであってはいけない。美しいものを見た喜びと、快楽のやさしさへの思い出と期待とが、男の顔を自然にほころびさせるようでなくてはいけない。

妻

妻はある意味では女ではない。つまり妻は一人の妻であることで、女一般を超えている。プラトニック・ラヴというものは、夫と妻の間においてこそ可能になるのではないか。互いの肉体を知りつくしてしまうことで、二人はより精神的になってゆく。肉体を肉体として意識せずに、それを二人の存在そのものにまで、いわば精神化してしまう。それ故、夫が妻に感じる欲望は、彼の男としての性欲一般とは少々異っている。それは肉体的欲望であると同時に、もっと精神的な希求でもあるのだ。彼は妻に挑むのではなくむしろ、妻の中へ帰ろうとする。

浮気

浮気は、男又は女が、女又は男とするものである。つまりそれは、本来純粋に性的な関係なのだ。

夫が外で浮気してくる。相手は誰でもいいのだ、彼は肉欲によって女一般と関係したにすぎない。それは単に男と女との関係にすぎず、夫と妻との関係とは本質的に意味を異にする。夫は同じように一人の女と寝たかもしれないが、それを彼はただ楽しみや慰めのためだけにしたのだ。決して自分や世界の未来のためにしたのではない。だが、夫が妻と寝る時、彼はそれを自分の未来、世界の未来のためにもするのだ。それにはひとつのたしかな意味があるのだ。

夫婦が、二人の交わりの、いわば精神的価値とでもいうべきものに、自信と誇りとをもっていれば、実際浮気のトラブルといったものもすこしは少くなりはしないだろうか。そして夫が万一浮気をするのなら、彼は浮気の節度とでもいうべきものを守らなければいけない。浮気には浮気のルールがある。

男の浮気は、男の世界に属する事柄である。それは男のするスポーツのように、快活で、闊達(かったつ)で、肉体的であることが望ましい。男は自分の浮気に罪の意識をもつ位なら、浮気をするべきではない。

浮気においては、男は女を征服しているべきである。だが、結婚においては、男は女に征服されていなければいけない。(これは勿論いわゆる恐妻家になれということとは違う。いわゆる恐妻家というものを私は好まない。彼等の殆どは、ずるくて冷酷な詐欺師に違いない。)

妻の浮気については、私には語る自信がない。女には本質的に外というものがないから、女の浮気は多分闊達にはゆくまい。

いずれにせよ勿論浮気はしないにこしたことはない。しかし、もし万一それがなされてしまったのなら、もう問題は浮気の是非には無い。今度はそのいやな記憶を超える何らかの価値を自分たちの中に信ずることが必要になってくる。それは細かい心理的な技術であると同時に、自分たち二人と、その二人を超えたものとにかかわる信の問題でもある。

同性愛

同性愛が理論をもつとすれば、それはおそらく汎神論であろう。

同性愛には対立よりもむしろ融和があり、劇よりもむしろ歌がある。正にそれ故に、同性愛は不毛であるに違いない。

どんな人間の中にも、同性愛的な感覚はある。それを自然の中へ溶かしてしまうか、それとも人間の中で結晶させるかによって、人は同性愛者になったりならなかったりするのではないか。

やさしさ

やさしさは、やさしさであって、やさしい心だけではなく、またやさしい体だけでもない。心と体とを貫くやさしさがある。それはひとつの宇宙的な感覚である。私たちをとり巻く宇宙の無関心と冷さ、だがもし私たちがそれに屈服してしまうとしたら、それは私たち自身がその無関心と冷さそのものになるからである。

人のやさしさとは、単なる思いやりだけを意味するのではない。それは心理的なものであるより先に、存在的なものなのだ。人と人を超えたものとをむすぶ流れの中に、真のやさしさはひそんでいる。それ故やさしさは、むしろ人自身のそれと気づかぬ所にあるのだ。ほんの小さな身ぶり、かすかな眼差(まなざし)、一寸(ちょっと)した言葉つきにも、やさしさはかくれている。無意識のうちに、私たちはそれによって慰められているのだ。

例えば、夫にとって、妻の上機嫌ほど慰めになるものはないのである。日常の下らない冗談は、ひとつの思想におとらず人を生かす支えになる。夫はその中の女の生命のやさしさに、知らず知らずのうちに力づけられている。冗談でなくともいい。女の体の動きを見ているだけでも、男はそのやさしさに動かされているのだ。その時男が好色な目つきをしたとしても、女はそれを許してやらねばならない。

沈黙のまわり

沈黙を語ることの出来るものは、沈黙それ自身しかない。では、言葉をもって沈黙を語ろうとすることに、どんな意味があるのか。それにはむしろ意味はない。何故なら、詩人にとって、沈黙を語ることはひとつの戦いなのだから。

＊

生きるために、詩人は言葉をもって沈黙と戦わなければならない。それが詩人の義務である。沈黙を語ろうとすることも、沈黙との戦いのひとつである。それがたとえ愚かな試みであろうとも、私は常に詩人であろうと努めねばならない。

＊

初めに沈黙があった。言葉はその後で来た。今でもその順序に変りはない。言葉はあとから来るものだ。

＊

沈黙は夜である。それは本質的に非人間的なものである。それは人間の敵だ。だが同時に、沈黙は母である。われわれはみな沈黙から生まれた。

＊

物質は沈黙している。宇宙は沈黙している。星々も沈黙している。蛋白質(たんぱくしつ)も沈黙している。われわれは、そこから生まれたものだ。愛はその最も根源的な形では、沈黙している。受胎は言葉と無縁だ。

＊

しかし、沈黙はひとりである。声はむすびつこうとするものだ。産声(うぶごえ)、それは最初の言葉だ。呼びかける言葉、最も切実な、愛をもとめる最初の言葉だ。

＊

われわれは先ず呼ぶ。私が〈私……〉とひとり呟(つぶや)く時にも、私はそうすることで、誰かを、何かを、呼んでいる。私はその時、ひとりであることを拒否している。私は世界とむすばれようとする。

＊

永遠に沈黙している限りない青空の下の一発の銃声、沈黙との戦いはそのように始められる。言葉はもはや言葉でなくてもいい、声はもはや声でなくてもいい。沈黙を破ろうとするひとつの音、沈黙と音との間のその緊張、そこから戦いは始まる。

＊

言葉の非人間的な意味に気づいていなければならぬ。沈黙との戦いは、言葉のその非人間的な意味を武器にするのだから。われわれの敵は決して答えない。戦いは常にわれわれの一人相撲に終る。それ故、われわれはただ呼ぶことが出来るだけだ、叫ぶことが出来るだけだ。そうしてそうすることで、われわれは沈黙に切り込むのである。

＊

西部劇のヒーローたちは、人間的なヒーローであるよりも先に、非人間的な意味でヒーローである。彼等の銃は人間を撃ったが、同時にそれは沈黙をも撃ったのだ。果てない砂漠の上の果てない青空、それが彼等の本当の敵なのである。彼等の銃の音は人間の存在の証(あかし)なのだ。

＊

ジャズのドラマーたちは、騒音をつくっているのではない。彼等は沈黙に対抗するための、別の沈黙をつくっているのだ。あのドラムの音の緊張のさなかで、われわれは青空の沈黙を聞かない。ドラムは最もプリミティヴに人間的なものだ。われわれは人間の肉のリズムを拍(う)ち、それに酔う。われわれはリズムのない沈黙に、人間のリズムをもって挑戦し、沈黙までをも、それにひきこもうとする。そうしてしばしば勝つ。よしそれが束の間の勝利であろうとも。

＊

夜、ひそかに人が愛する者の名を呼ぶ時、それもまた、沈黙とのひとつの戦いである。その時、意味は言葉にはなく、むしろ声にある。月の夜の草原でコヨーテが長い吠え声をあげるのと同じように、われわれ人間も自らの声で、沈黙と戦う。

＊

われわれは沈黙と戦うことによって、沈黙とむすばれることを願っているのかもしれない。われわれは死によって、沈黙に帰ってゆく。われわれは沈黙と縁を切ることは決して出来ない。だが人間として生きること、それは沈黙して生きることであってはならない。そして特に詩人として生きること、それは言葉や声がどんなに信じ難いものであるにせよ、沈黙ではないものに賭けて生き続けることに他ならない。

＊

人を互にむすびつけることだけが言葉の機能ではない。言葉は人間のものであり、同時に人間のものでない。〈青空よ……〉と詩人が呼びかける時、詩人はその言葉を、自分と、青空と、そして人々とのために云うのだ。そしてそうすることで、詩人は青空と戦い、かつむすばれる。

＊

歌も常に人のために歌われながら、同時に沈黙のために歌われる。それは時に沈黙をなだめ、時に沈黙を刺し殺す。そしてまた稀には沈黙などにふり向きもしない完全な声となって、沈黙のさなかに咲き匂う。

＊

……沈黙は決して傷つかない。沈黙は決して負けない。われわれは皆いつか沈黙に帰り、そこに安らうであろう。それまでの生きている間、しかしわれわれは勇敢にそれと戦わねばならぬ。

（「文章倶楽部」一九五五年九月号）

愛＊私の渇き

愛という言葉を口の中で呟いていると、いろいろなことを思う。アイ、この音は、日本語の最初の二つの音だ。アイ、アイウエオ。日本語の母音たちは、本当に母のようなやさしさ、豊かさで私を包む。アイ、この二つの音から日本語が始まることは、詩人である私を少々神秘的な思いの中にさそい入れる。

アイはまた、会であり、合であり、相でもある。それは離れた二つのものをめぐりあわせ、むすびつける。だが同時にアイは、間でもある。それはへだたりであり、すきまなのだ。そうしてアイはまた、哀――かなしみでもあるのだ……しかし、こんな妙な語呂あわせをしていてさえ、私はへんに気持が沈んでくる。愛とはもっともっと簡素な言葉ではないのか？　愛という言葉を、今は私は殆どおそれに近いような気持でみつめる。それは何か途方もなく巨(おお)きく、得体のしれぬ怪物のようにも思えるのだ。今、夜の中で、私はひとつの声を聞く。「ああ、いい、ああ」とその声はうめく。それは肉の声だ。快楽の頂点のその無意識のうめき、それもこの同じ二つの音だ――

アイ、この単純な二つの音は、どこにでもころがっている。汚れた敷布の間にも、混みあう真昼の野球場にも、産婦人科医院の待合室にも、新聞広告にも、電話帳にも。子供たちは、アイウエオ、カキクケコと、一生けん命おさらいしている。子供たちはアイだけでやめてしまいはしない。だが、五十音をすっかりおぼえてしまい、それをさかさに云うことだって自由に出来るようになると、もうそれをとなえることなんかつまらなくなって、やめてしまう。何年かたって、その身軽でやさしい二つの母音の中に、この書きにくい、妙な組み合わせの〈愛〉という字が入ってくると、その単純な二つの音は、ひそかな美しいひびきを、本当にごく稀にしか響かせることが出来なくなる。

＊

〈愛とは何か？〉或は〈これは愛なのか、それとも愛ではないのか？〉或は〈愛はどうあるべきか？〉そのような問は、それが問われねばならぬものであればある程、私には限りもなくおぞましい。私たちの求めているもの、私たちに必要なもの、それは愛についての答ではない。それは愛についてのいかなる観念でもない。私たちの本当に求めているもの、それは愛によって変えられた私たち自身であって、それ以外の何ものでもない。

愛とは先ず何よりも、肉体的な感動なのである。それは、考えて得られるものではなく、また意識して求めることの出来るものでもない。では、愛について語ることに、どのような意味があるのか？　愛について語るなどということは、本来不可能なことだと私は思う。愛なき者が愛について語れば、それは愚痴にすぎず、愛ある者が愛を語っても、それは讃歌にすぎない。おそらく本当の愛の中には、沈黙しか無く、また本当の愛は、沈黙の中にしか無いものであろう。

とは云うものの、愛についての知恵というものはある筈だ。愛はひとつではない。それはおそろしい程に多様な姿をもっている。そして私たちは、愛と愛でないものとを区別する眼や、またそれをどのような形の行為に現わした時に、愛が本当に愛になり得るかという反省や、愛に近づこうとする日々の努力や、そういった無数の知恵を、古来からの愛についての多くの言葉に学ぶことは出来る。

だが、だまされてはいけない。愛は、それらの言葉の中にあるのではない。それはまた、ムードミュージックのレコードの中にも、なやましい恋愛映画の天然色のスクリーンの上にも、しゃれていて情熱的なベストセラーの中の会話にもありはしない。錯覚してはいけない。そこにあるのは一枚千数百円の黒くて円いプラスティックの板、或はベら棒に大きな白い幕、或は数百枚の印刷された紙片にすぎない。愛は生きているあなたの体の中にあるのだ。その愛を、他人のつくった見世物にあずけ、安手な陶酔の中で浪費してしまってはいけない。ある初夏の朝に、ふと今年初めての燕を見る時、或は、真夏の海岸で、恋人の真黒に陽やけした腕に接吻したいという気持をおさえられぬ時、或は、冬の夜、家族みんなでこたつを囲んでいることを、ふと幸せだなと思った時、その時愛はあなたのものなのだ。あなたが燕をみつめてほほえむ時、あなたが恋人の腕に接吻する時、あなたがおやすみなさいを云う時、あなたの愛は成就しているのだ。

＊

しかし残念なことに、そのような感動的な〈愛の瞬間〉の中にのみ、愛を信じ、愛を求めるわけにはいかない。愛はその感動だけを信じ、求めるにしては、余りにうつろいやすいものなのだ。〈愛している〉という言葉を本当に自然に口にすることの出来る瞬間が、私たちの一生のうちに何度あるだろう。愛という一語を、隅から隅まで真実の言葉にすることの出来る強い感動を、私たちは一体何時もつことが出来るか。

人間は永遠に青春に生きてはいられない。若さの過剰を、愛の豊かさだと錯覚してすごすことの出来る時期は余りに短い。私たちは、愛されぬことに苦しむよりも、愛せぬことにより多く苦しんでいるのである。（愛されないと云ってこぼす人々の多くは、自らを誤解しているのだ。実は、彼等はむしろ、自分たちが愛せないことをこそ反省せねばならないのだ。）〈愛の瞬間〉というものは、そうやたらにあるものではない。美しい風景も、そこに住んで働いてみれば、自然の厳しさ、残酷さをあらわにする。初恋の人も、結婚して三年間も一緒に生活してみると、耳の形まで気に入らなくなるのは、ありふれた真実である。何も他人をもち出す迄もない。青年の頃にはあんなにもすばらしく思われた人生というものが、どんなに速やかに日々の生活の倦怠の中で死んでゆくことか。万一の僥倖をあてにして、愛を待っている訳にはいかない。そのような我々を救うものは結局、ひとつの愛の理想像とでも云うべきものへの、我々自身の意志ではないだろうか。

愛とはかくかくのものであるべきだ、などと語る自信は、勿論私ももっていない。愛という名の下に、自分が一体何を求め、何に憧れているのかということさえ、はっきりとは説明出来ないかもしれない。ただ私の中には、愛という名の下に、何かを信じていたいという気持だけは常にある。たとえ私が、実際には愛を失った者となるにしろ、私は愛に関してのみは一個の理想主義者でありたいと思う。

それ故、私には私なりの、理念としての愛というものがある。少々詭弁めくが、理念としての愛であって、愛の理念ではない。つまり、私のもっているのは、愛に関する理念なのではなく、理念の形をした愛だと云いたいのである。その愛は、私の頭の中で組み立てられたものではない。私は哲学者ではないから、自分の理念を論理的に追うことは苦手である。私はその理念としての愛を、これこそ愛の名に値すると感じた私自身の感動の、二三の具体的瞬間によって信じているのだ。云いかえれば、私の、理念としての愛は、私自身の肉感の上に基礎を置いていると云えるだろうか。

＊

一昨年、私は〈愛について〉という詩集を出した。或る機会に、その本について、私は次のように書いた。

〈愛について〉は私の三冊目の詩集である。ひどく開き直った題名であって、少々てれくさくないこともないが、正直な気持として今度の本にはこれ以外の題名は私には考えられない。

第一詩集〈二十億光年の孤独〉の中に、やや少年風な無意識な形であらわれているコスモスへの愛は、第二詩集〈六十二のソネット〉において、作者の感受性の必然によって、一種の生命的なほめうたとして歌われている。一見享楽主義的なこれらの歌は、私にとっては生の最初の証しと決意の歌であった。あらゆる青春と同じように、私もまた死への反抗にあせっていた。そして世界をその種々の対立においてとらえる仕方が私の中で育っていた。〈ソネット〉は、青春の生命の、永遠という生であると同時に死であるところのものへのあこがれと反抗との奇妙な混合物であった。

空と地との対立を、私は〈二十億光年〉の頃から意識していた。私は空という永遠にあこがれながら、それを非人間的なものとして敵視していた。私は地に拠(よ)って空と戦った。そしてやがて〈ソネット〉の中頃において、私はひとというもうひとつの味方を得た。女は快楽と生殖の可能性によって、あきらかに地のものである。私は地への愛においてひとを愛し、ひとへの愛において地を愛した。そうした私の青春の歌はそこでひとつのほめうたになってしまった。それは私にとって完成を意味すると同時に行き止まりを意味した。

私の若さはその頃から頭打ちとなった。私の関心は、ひとを通じて徐々に人間的なものにうつっていった。私はひととの生活によって、人々への目を開かれつつある。そうしてかつて空への愛によって、空の非人間性に気づいたように、私はひとを愛そうとすることによって、ひともまた敵になり得ることを知り始めている。そうして私は人間的な愛のドラマに気づきつつある。

だが私にとって、愛とは人間的なものであると同時に、常に人間を超えたものである。〈愛について〉の全体は五部より成っている。第五の〈六十二のソネット以前〉を別として《空》《地》《ひと》《人々》はその配列順に、漠然とではあるが、作者の愛についての目ざめ方を示している。しかしこれはひとつの生長を示すと同時に、過程として終るものではない。これはまた私の愛の種類をも示している。私はこれらをひとつの大きな愛として自分の中で調和させようと努めると同時に、これらの愛の間でひきさかれるであろう。

大変粗雑で、抽象的な形ではあるが、これが私の愛のプログラムとでもいうべきものである。

＊

《空への愛》この愛は危険な愛だ。これはむしろ人間的な愛とは云えない。空には、永遠と虚無とが同居している。青空のきらいな人がいるだろうか。青空は美しい。だが、その美しさに憧れすぎるのは危い。

山のあなたの空遠く　幸(さいわい)住むと人のいう
ああわれ人と尋(と)めゆきて　涙さしぐみ帰り来(き)ぬ

カール・ブッセのこの有名な詩句は、ひとつの警告なのだ。

だが、青空はまだいい。それは空の昼の化粧だ。何故空は青いのだろう？誰でもが一生一度は抱く疑問だ。科学者たちは答える。大気中の塵埃(じんあい)による光線の屈折云々(うんぬん)。だがその答は十分な答ではない。まだ問は残る。空には塵埃や冷い名前の元素しかないのに、何故空は無色や白色ではなく、あんなにきれいな青なのだろう？　この問はもはや科学の答えることの出来ぬ問である。おそらく宗教がそれに答えようとするだろう。だがそれよりも先に、青空自身が答えているのだ。

昼、空は正にその青さによってひとつの答なのである。青空に何かを求めてはいけないのだ。その青はいわばひとつの恩寵とでもいうべきものであり、私たちがその青さを愛することが出来るのは、とりもなおさず私たちの生の肯定のしるしに他ならないのではあるまいか。

しかし、夜、空はその昼の化粧をおとして、自らの素顔をあらわにする。昼かくされていたものを私たちは見る。空の限りない不気味な深さ。無数の星々。宇宙のこの終りのないひろがりの中で、一体私たちの存在の意味は何なのか？　空は何故青いのか、という問とは違って、この問には夜空は答えてくれない。かえってその闇と沈黙とを深くするだけだ……

夜空を愛するとは、天文学を愛することではない。青空を愛することには、危険もあるが同時に慰めもある。しかし、夜空を愛することには、余程の強さと勇気とが要る。それは永遠の虚無を前にして、人間の存在の意味を問うことに他ならない。

宇宙旅行の可能性が、これから空を、ますます物理的な実在と化せしめてゆくだろう。

だが、空の形而上（けいじじょう）的な意味は、おそらく人間が生きてゆく限り残るだろう。《空への愛》と私は簡単に書いたが、この言葉の本当の意味は、おそらく私が一生かかっても見出せぬことかもしれない。

＊

《地への愛》この愛はとても素朴な愛であり、人間の生命の原動力だ。これは私たちが地球の子であるということを証する愛だ。しかし、この愛はそのあまりの単純さ故に、しばしば失われがちになる。コンクリートの舗道の上では、この愛は育たない。また開拓地や貧しい水田での、余りに苛酷な地との戦いの中でも、この愛は枯れてしまうかもしれない。とは云え、この愛はむずかしい愛ではない。むしろささやかでかわいらしく、誰でもが手に入れることの出来る愛なのだ。

アパートの出窓で、一鉢のベゴニアを育てるのも、日曜日にサイクリングに出かけて、野原に寝転ぶのも、夏休みに海で泳ぎ、陽にやけるのも、みんな《地への愛》に他ならない。そうすることで、私たちは自分がこの地球という星の生まれであり、どんな草も樹も、動物も小鳥も、私たちと同じ生まれの兄弟であることを知る。私たちはすべて、〈地球家族〉なのだ。私たち人間の、いわゆる〈自然との戦い〉も、この愛なしでは、単なる人間という一動物のエゴイズムにすぎなくなる。地球とは、その上で人間の生き続けるための単なる場所ではない。それはひとつの調和した世界でなければならないのだ。人間が将来、月の地下資源を如何に利用しようと、月の存在の神秘は失われはしない。それは私たちの季節の変化に、潮の満干に、女の月のめぐりに、深くむすばれていて、私たちはそのむすびつきを、断ち切ろうとしてはならないのだ。

＊

《ひとへの愛》この愛が、最も深く人間を苦しめ、同時に最も深く人間を慰める。この愛は人間を先ずコスモスに結ぶ。この愛はその本質においてはむしろ非人間的な愛だ。それは人間的な愛というよりは、生命的な愛なのである。それ故、この愛を単に人間的な面でのみ考えるのでは不十分だと私は思う。

一人のひとを愛することによって、私たちは先ず何よりも、生命の流れにあずかるのである。《ひとへの愛》の中には、《地への愛》があるのだ。それは、今、生きているということのひとつの証であり、同時に、これからも生き続けてゆこうというひとつの決意でなければならない。それ故《ひとへの愛》は肉体を伴わなければ不具になる。肉体はその時、互いの欲望の対象でありながら、それにとどまらない。二人が本当に愛しあう時、肉体は同時にコスモスの一部でもあるのだ。二人の体がひとつになる時、コスモスはそこでひとつの環となって完成し、また同時に受胎の期待によって、そこで新たに始まる。

いわゆるプラトニック・ラヴというものは、あくまでひとつの準備期間にすぎないと私は考える。愛の中に精神的なものはあっても、男と女とが、いわゆる精神的な愛だけでむすばれるなどというのはどうも信用出来ぬ。本当のやさしさは、肉体の中にあるのだ。愛にとっては、百万通の恋文よりも、只一度のあいびきの方が大切なのだ。

だが、人は云うかもしれない。どうやって欲望と愛とを見分けるのか？　と。私には、そのように欲望と愛とを切り離して考える問い方そのものが、先ず一種の堕落であるように思われる。愛は肉慾の中に既にかくされているのだ。肉体的な欲望を過度に律することによって、私たちは先ず愛を傷つけてしまうのだ。私たちのするべきことは、欲望を恥じることではない、だが同時に、それを余りにあたり前なものとして、立小便のように片づけることでもない。欲望は私たちの力でもあるが、それはまた同時に私たちを超えたものの力でもあるのだ。私たちはそれを畏れなければいけない。

欲望の中にかくされている愛とやさしさ、私たちはそれに気づき、それを失わぬようにしたい。男と女がむつみ合う時、二人は他のいかなる時よりも深いやさしさに貫かれている筈だ。ダブルベッドに寝る夫婦の方が、シングルベッドに別々に寝る夫婦よりも、離婚の率は低いそうである。喧嘩をしても、仲直りをせざるを得なくなるらしい。潔癖な少女たちは、そんな仲直りの仕方はいやだというかもしれない。だが、欲望の中の愛とやさしさとが、私たち自身もそれと気づかぬ間に、私たちのかくされた部分をうるおし、いやしているとしたら、私たち人間にとってそれ程深い慰めはないのではあるまいか。

だが、一人の人間にとって〈ひと〉は、男又は女という異性であると同時に、一人の他人でもある。私たちは、彼又は彼女を一人の異性として感じると同時に、自分と同じ一人の人間として感じもする。《ひとへの愛》の中には、《地への愛》があると同時に、《ひとびとへの愛》もあるのだ。一人の《ひと》を愛することで、私たちは、他人というものを意識し、他人と自分という最も人間的な関係の中で苦しむことを覚える。《ひとへの愛》はまた、現代では必然的に結婚というものへ進む。結婚によって、私たちは本当に人類社会の一員となる。その意味でも《ひとへの愛》は、《ひとびとへの愛》につながっている。

＊

《ひとびとへの愛》これが最も人間的な愛だ。それにもかかわらず、最ももつことの難しい愛だ。実際、この愛が本当に存在するのかどうかさえあやしいものだ。この愛は何か気障（きざ）っぽい感じさえ抱かせる。少くとも現実的ではない。しかし、だからこそこの愛が、少くともひとつの理念として必要なのである。この愛については、私は殆ど語る資格をもたない。おそらくこの愛こそ、最も抽象的論議をきらわねばならぬ愛だ。この愛こそ、言葉ではなく、行動で語らねばならぬ。クリストからシュヴァイツァーに至る多くの偉大な人々がそれをしてきた。だが同時に、何人（なんぴと）もこの愛の責任を逃がれることは出来ぬということを私たちは知らねばならぬ。社会科学者や救世軍にこの愛をまかせておくわけにはいかないのだ。それは一人一人の人間のものであり、人類の将来は私たちすべての責任なのだ。

私は私なりに、この愛を信じない人のために、ひとつの具体的な体験を書きとめておこう。

〈ファミリイ・オヴ・マン〉写真展。この写真展は、私に人間を信ずる勇気を与えてくれた。人間の美しさ、善良さを信じたのではない。そのみにくさ、いやらしさ、おろかしさのすべてにもかかわらず、いやむしろそのすべての故に、私は自分が人間の一人であることを切実に感じた。私たちは一緒に生きてゆかねばならないのだ。そうして私は、一緒に生きてゆきたい。もし人間がみにくいとすれば、それは私がみにくいからであり、もし人間がおろかだとすれば、それは私がおろかだということだ。

だが具体的に、どうやって私たちは一緒に生きてゆくか。いろいろな途（みち）があるだろう。どんな小さな友情から始めることだって出来る。どんなむすびつきであるにしろ、それは究極には人間と人間とのむすびつきであって、それが人類を支えているのだ。本当に憎み合えるなら、憎み合ったっていい。本当におそろしいのは、人間が人間の中で機械化し、生きた人間的共感がもてなくなることなのだ。どんな小さな仕事だって、それは人間のための仕事である筈だ。しかし現代では、その自信のもてなくなっている人たちがどんなに多いことか。それでもなお、いやむしろそれ故にこそ私たちは、せめてひとつの夢としてでも、愛を失いたくはない。

＊

愛とは究極において、全体へのひとつの力である。愛する対象は何でもいい、私たちが何かを愛することの出来る時、私たちとその何かとは分ち難くむすばれて、ひとつの全体を形づくる。愛している時に私たちの感ずるあの何かが完成しているような感じ、すべてがひとつになってしまったような感じは、愛のその力によってなのだ。

人間には、いろいろな対象への愛がある。そしてそれらの愛はそれぞれに、多様な姿をとって現れる。しかし、愛はその最も深い本質においてひとつなのだと私は考える。《空への愛》も、《地への愛》も、《ひとへの愛》も《ひとびとへの愛》も、その現れ方こそ違うが、全体への同じひとつの力に他ならない。

全体主義などという言葉のために、全体という言葉は誤解されやすい言葉だ。私のここで云う全体とは、ひとつの社会全体、或は、人間全体のことではない。それは人間をもその一部に含めた全体、コスモス全体なのである。
私たちが愛する時、私たちは自らの愛するその対象を通じて、全体に参加するのだ。どんなに小さなものを愛してさえ、愛することさえ出来たら、私たちは孤独ではない。愛することで私たちは世界とむすばれている。私たちは生きることが出来、そして本当に死ぬことが出来る。全体とは生だけの全体ではない。それは死をも、その中に含んだ全体なのだから。

愛は私たちを生かすものだ。しかしそれは同時に私たちを死なしめるものでもあるのだ。失恋自殺の話をしているのではない。愛によってコスモスにあずかることの出来る時、私たちは生と同時に死をも大きな肯定のうちにとらえる筈である。

＊

愛という言葉を、私は少々濫発しすぎただろうか。愛という言葉など、一度も使わずに一生を過す人だって沢山いるだろう。その人たちが愛をもっていなかったのだと考えたら大間違いだ。その人たちの方がかえって、本当の愛をもっていたかもしれないのだ。愛という言葉を使えば使う程、私にはかえってこの言葉の意味が解らなくなってきてしまう。愛という言葉には、意味など無いのではあるまいか。それはむしろひとつの呼びかけのようにも思えてくる。愛が足りないからこそ、愛という言葉を使うのではないだろうか。仔犬が乳を求めるように、愛愛と鳴きながら愛を求めてさまよっているのだ。愛、この一語を口にすることで、私は私の渇きをたしかめている。今、私に愛が無いわけではない。今、私には一人の女を愛している自信があり、また私は夕焼の美しさや、真夏の街路に照りつける陽差(ひざし)を見るたびに、自分がこの地上を愛していることを知る。しかし、それにもかかわらず私は渇いている。自分の愛の不完全であることにいら立っている。

人間にとって、完全な愛などというものは、おそらくあり得ないのだ。愛はひとつの持続でなければならない。だが、現実にはそれは余りにしばしば、ひとつの瞬間にすぎない。〈愛の瞬間〉はいい、しかし他の多くの〈愛していない時間〉を私たちは一体どうすごしたらいいのか、私は理念としての愛について書いた。そして理念としての愛という云い方には結局、信の問題にむすびついてくるものがあるのではないかと、今の私は考えている。神という一語を私はおずおずともち出す。この言葉については私はまだ何も知らない。

世界へ！——*an agitation*

ひとつの死体、空と地との間に横たわり、変らぬ太陽に照らされて、刻々に腐ってゆくひとつの死体。彼にとって詩とは何であったか。そういう問いが私を苦しめる。彼の眼はうすく見開かれているが、それはもう何も見ていない。彼にとって詩とは何であったか。彼の鼻の穴から無数の白い蛆がこぼれてくる。彼にとって詩とは何であったか。彼の陽根はむなしく垂れて、もうどんな力ももっていない。彼にとって詩とは何であったか。

　彼は黙っている。彼はもう永久に答えない。どんなに美しい挽歌も、もう彼のものではない。今、彼にとって、詩とはもはや何ものでもない。それ故彼と向かいあっている私は、詩人ではない。たとえ彼への百千の挽歌をつくったとしても、もはや私は、彼故に詩を失っている。私は一人の読者を失ったのではない。私は彼において、私のすべての詩を失うのである。

彼の生きているうちに、私は尋ねなければならなかったのだ。あなたにとって詩とは何か、と。その問いは、一人への問いである。それは、詩とは何か、という問いと区別されねばならぬ。私はただ一人に尋ねるのだ。あなたにとって詩とは何か、と。生きている一人の少女。空と地との間に立ち、変らぬ太陽に照らされて、一日一日育ってゆく一人の少女。私は彼女に向って尋ねる。あなたにとって詩とは何か、と。彼女はその明るい眼で私をみつめ、朗らかに笑って答える。私、そんなこと知らないわ。彼女の腕は小麦色に日焼けしている。彼女の乳房は木綿のブラウスの下でゆれている。私は再度自問する。彼女にとって詩とは何か。だが、この問いは期せずして彼女に答えられる。彼女はいう。私にとって詩が何であるかなんてことは、わかんないけど、私、詩を読むことはとても好きなの。今日だってほら、この木蔭（こかげ）で読もうと思って詩集をもってきたのよ。彼女は携えてきた一巻の詩集を見せる。そしてその大きな楡（にれ）の木蔭に腰をおろし、すらりと伸びた脚を惜しげもなく投げ出して、詩集を読み始める。こうして詩を読んでいると、とても楽しいの、彼女はいう。特に私の好きな詩に出合った時なんかまるで時間がとまっちゃって、私が世界で一杯になってはちきれそうになるわ。それはね、学校でバレーの試合をしている最中みたいな気持でもあるし、それから私の好きなひとと一緒に夜、川岸を散歩している時のような気持でもある。何だか私自身が完成して、完全になっちゃったみたい、そして世界と結ばれて、何もかもまあるく環になっちやうみたいな感じよ。

彼女にとって詩とは何か。私はその答を知る。それは平凡な答、あるいは多くの詩人を失望させるような答である。彼女にとって詩とは、他の多くのものと同じく彼女の生活の一部分なのである。

詩は何のためにあるのか。詩は今日、満員電車の吊革につかまってそれを読む一人の禿頭の老人のためにある。詩は昨日、劇場の補助椅子に座ってそれを聴いた一人の青年のためにある。また、詩は明日、野原に寝ころがってそれを口ずさむ一人のお下げ髪の少女のためにある。彼等をひととき生かし、そうすることで、彼等を生活し続けさせるためにある。詩を生活の時間の外のひとつの客観的な価値の如くに考えてはならぬ。人生は日々のものである。そして人生が日々のものである限り、詩もまた、日々のものである。日々使い捨てられることによってのみ、詩は自らを完成し得る。詩は一人の生のために使い捨てられるという栄誉をになうのだ。詩は詩と、それに感動する一人の人とによって、初めて完成するものだ。詩自身はそれだけでは何ものでもない。

詩人はその一生を如何にすごすのか。彼は一篇のすぐれた詩を得るために一生を苦吟してすごすのではない、彼も常人と変ることなく、その一生を生活してすごすのだ。彼が詩を書こうとする時、彼は一篇のすぐれた詩、などという抽象的な観念のために書くのではない筈だ、彼はただ、生活しようとしているのである。その詩を書くことで人々とむすばれ、出来れば一日の生活の資を得たいと願っているのである。
ある朝、私は机に向かって何行かの詩句をノートに書きとめている。

生かす
六月の百合の花が私を生かす
死んだ魚が生かす
雨に濡れた仔犬が
その日の夕焼が私を生かす
生かす
忘れられぬ記憶が生かす
死神が私を生かす
生かす
ふとふりむいた一つの顔が私を生かす……

——そして私は同時に、この数行の詩句がいつか、どこかで、一人の人を生かすことを願っている。それは、いい詩を書きたい、あるいは、ただ単に詩を書きたいという気持よりももっと根源的なひとつの本能である。人間の生活に、私もまた与りたいというささやかな欲望なのである。

窓の外では、雀（すずめ）がさえずっている。子供たちは三輪車を押して遊び、主婦たちは洗濯に余念がない。空にはやや雲が多く、ラジオの天気予報は、夕刻にわか雨のあることを報じている。世界と、その中での人間の生活、私もまさにそのために詩を書いているのだ。一人は旋盤をまわし、一人は畠（はたけ）を耕す、一人は洗濯し、一人は詩を書く、そうして我々は互いに生かしあっている、それが人間の生活というものではないのか、それを離れて、詩には如何なる抽象的な価値も意味もありはしない。詩が鍋釜と同じものだとは思わない。だが、生活し続けてゆく以外に、人間にどんな生き方が残されてるだろう。詩人ももはや放浪者ではあり得ず、英雄でもあり得ない。

詩人に残されている途は、人々を生かそうとすることで、自らは生活し続けるという奇妙な途なのである。それは人々を生活させることで、自らも生活するというあの普通の職業というものとも少々異っている。生と生活とがこんなにも離れてしまった今、その間で引き裂かれることを自らに課することによって、かえって詩人はそれらを人々の中でむすびつけることが出来るのかもしれぬ。

あらゆる人間は、常に何ものかを通して、生き続けてゆこうとしているのである。詩人もその例外ではない。彼は詩を通して生き続けてゆこうとしているのであって、決して詩そのものを求めて生きているのではない。我々は詩を書くために生きているのではない。生きてゆくために、あるいは、生きているから、詩を書くのである。私は詩には惚れていないが、世界には惚れている。私が言葉をつかまえることの出来るのは、私が言葉を追う故ではない。私が世界を追う故である。私は何故世界を追うのか、何故なら私は生きている。

私にとって、世界は女に似ている。私は世界と一緒に寝たがっている。私のいうことは観念的に響くであろうか。だが世界という言葉は、私にとっては、大層肉感的な言葉なのである。

八月の海岸、太陽は烈しく輝き、少年たちの腿は灼けている。子供たちの遊ぶ声、沖にひらめく旗、私は一瞬の隙を見て、素早く女に接吻する。女の唇は塩からく、ぬるぬるしている。女は人が見ているといって怒り、私はしたたかに海水を飲まされる。その時、私は自分が世界と共に寝ていると感じる。世界はその時完成し、私の生も完成している。だがそれは数瞬の間だ。女が私にむかって笑いかけ、〈私を愛している?〉と訊ねる時、私と世界との間の短いオルガスムスは終ってしまう。

言葉とは、詩人にとって何という呪いであろう。言葉はしばしば詩人と世界との仲を割くものでしかない。かつてマラルメが、一音楽家に対していったと伝えられるかの有名な言葉は私にはいたいたしいあきらめに満ちたものに聞こえる。

私が詩人であろうとすればする程世界は私から遠ざかる。しかし人間として生きてゆくためには、私は詩人であらねばならない。それ故、私は人間であろうとする責任と、世界と共に生きたいという欲望との間のジレムマに常に悩まされている。しかし、このジレムマは、詩人に限ったことではない。現代では、生活と生との間の、こういうジレムマが多かれ少かれ殆どすべての人間を悩ましているのではあるまいか。毎日毎日同じ退屈で非人間的な勤め、長年連れそった古女房との夜毎のみみっちい愛、それは殆ど生ではない。我々は生き続けようとして生活し、正にその生活によって、生を失いつつあるのだ。そのような生活は本当の生活ではない。現代の最も大きな問題を、私はこの生活と生との不一致に見る。

詩人はその時どういう責任を負うことが出来るだろうか。詩人もまた他の人々と同じく、この生と生活との不一致に悩まされているのである。彼は決して局外者であることは許されない。むしろ詩人にとって最も必要なことは、進んでそのジレムマの中に身を置くことだと私は考える。

詩人にとってそのジレムマは二つの問題の中に要約されている。その一つは、詩を書くだけでは、生活が経済的に成り立たないということ。他の一つは、先に述べた言葉の問題である。最初の問題に関しては、私はあえて詩人の怠惰を責めたい。実際に、一九五六年の日本で、詩を書いて食っている詩人はいない。しかし、だからといって、それが詩を孤立させていい理由にはならない。我々は詩が売れるように努力すべきである。

何故なら詩が売れるということは、人々が詩を享受するということであり、それは同時に、我々が詩人になれる唯一の途だからだ。私は享受するといった。何も詩は読まれるに限ったことはない。歌の中にも、スリラー映画の中にも、ストリップショウの中にさえ詩をすべりこませることは出来るのである。我々がソネットや、散文詩や、活字や同人雑誌に固執する理由は全くない筈だ。今日、月に一、二篇、二十行ばかりの詩を書いている詩人などは、彼が如何にいわゆる社会的な詩を書いているにせよ、社会から逃避しているといわれても仕方がない。詩人は、お富(とみ)さんの悪口をいう前に、何故新しい歌をひとつでも書いて発表しようとしないのか。下らないラジオのゴールデンアワーについて、憂国的な台辞をもてあそぶ前に、どうして一本のミュージカルショウを試作してみる気にならぬのか。詩人の社会性とは、何も戦争責任を追及するに限ったことではない。人々は日々刻々生活し続けているのだ。詩人はその中で新しい社会性を、実際の作品によって発見してゆかねばならない筈だ。

詩人は積極的に戦わねばならないのだ。詩人は如何にあざ笑われようとも、詩を主張しなければいけない。それが詩人の人間的責任というものだ。世間が無視するからおとなしくひっこんで、現代詩は貧困か、などと議論している。みみっちい限りである。私は現代詩は貧困だと声を大にしていいたい。詩人はもっと貧困である。経済的には勿論のこと、精神的にも貧困なのだ。詩を売りこもうという工夫もしないで、あきもせず詩人の社会性とは何かなどと空論に花を咲かせる始末である。

私は詩人に、人々に媚びよといっているのではない。それはむしろ逆なのだ。現代にこそ詩人は最も必要なのである。我々はあくまで詩人としての誇りを捨ててはならない。そしてそれ故にこそ私は、我々があくまで詩人として人々に対しなければならぬということを主張したい。詩人が人々に供給すべきものは、感動である。それは必ずしも深い思想や、明確な世界観や、鋭い社会分析を必要としない。むしろかえって、それらが詩人を不必要にえらぶらせ、そのため詩の感動を失わせることが少くない。詩人は感動によって詩を生み、感動によって人々とむすばれて詩人になるのである。

夜のパリ

プレヴェール

三本のマッチ　一つ一つ擦る　夜のなか
はじめのはきみの顔をいちどきに見るため
つぎのはきみの目をみるため
最後のはきみのくちびるを見るため
残りのくらやみは今のすべてを想い出すため
きみを抱きしめながら。

（小笠原豊樹訳）

――この詩を浅薄だという人は、生きることがどういうことか知らない人だ。

そうして、プレヴェールのこの軽やかな歌い口が、私に詩人のもうひとつのジレンマを思い出させる。ナルシスが例の小さな池をのぞきこんで以来、詩人の言葉との不和はそう珍しいものではなかったに相違ない。おそらく古代の詩人たちは、無意識にそれを解決していたし、あるいは、ローマン派の詩人たちはあんまり情熱的すぎてそれに気づかなかったのかもしれない。だが、不思議に私は、この問題が詩人によって論じられるのを聞かない。あるいはそれは余りに微妙な問題で、論じ尽くせぬことをおそれたのかそれともまた、私の外（ほか）の詩人たちはその感動の激しさによって、容易にこの言葉という呪いを解き得たのか。

私にとっては、言葉とはひとつの術（すべ）であり、ひとつの職業的な道具である。そのためそれはしばしば私の生活の真実と抵触する。たとえば私が、〈私はおまえを愛する〉と、詩に書く時と、本当に女にいう時とでは、明らかにその言葉は異っている。そのように、私の中で、言葉はいつも二重になっている。ひとつは詩の言葉、ひとつは実際の生活の言葉。そうして、それらは同じ言葉でありながら、決して一致しないのである。この言葉の二重性を説明するのは大変難しい。それは明らかに異っていながら、私の中で奇妙に錯綜（さくそう）して私を悩ませる。私がもしただひとつの感動によって、〈私はおまえを愛する〉と女にもいい、同時に詩にも書いたならば、私はそのどちらかを嘘だと感ずる。何故なら本当の言葉はひとつしかない筈だからである。私はそのような素朴な実感に支えられてすべての詩を演技とすることに上達した。だが、このことは同時に、私の生活の言葉そのものまで演技化するという危険を含んでいる。たとえば私が海なら海を、詩の言葉で海と呼ぶのか、生活の言葉で海と呼ぶのか、今の私には殆どわからない。海を目前にして、潮の香を胸に吸いこみながら、海というのなら、私はたしかに生活の言葉を口にしているのだ。しかし、そうでない時には、私にはむしろ言葉より沈黙の方が信じられるようになっているのだ。そうして、今、私の考えている方法は、詩から一切の曖昧な私性を完全に追放してしまう。そうすることによって、詩は明らかに劇や小説に近づく。詩は完全な虚構となり、感動はもはや言葉と直結しない。そうすることによって、私の生活の言葉は私の詩の言葉と完全に分離出来るだろう。

先のプレヴェールの詩は、私にはそのような方法によって出来た詩であるように思える。詩がこうして、一時的な激情や、青くさい告白癖から解放されてこそ、詩をつくる感動というものが、その真の力を示すのである。それはうつろいやすい感情や、不たしかな理性とは程遠いものだ。それは世界に対するひとつの確固たる態度、殆ど生命力そのものといってもいいものになるのだ。

詩人はこうして全く新しい表現の世界をもつことになる。彼はただ詩を確保していればいいのだ。彼はラジオドラマの台本を書き、合唱のための作詞をする。彼はヌードショウの司会をし、ギャング映画の監督をする。また彼は宇宙旅行についてエセイを書き、新しい家のための室内装飾をする。しかも、彼は聊かもディレッタントになることはない。彼はあらゆる所に、詩を滲透させ、人々を詩で貫く、そうして人々を生かし、本当に生活させ、自らも詩によって生きる……

私の未来風景はいささか楽天的すぎるだろうか。しかし同時に私は、詩人の将来生き得る唯一の途を考えているのである。私には楽しげに三月に一回、なけなしの財布をはたき合って同人雑誌を出している詩人の方がもっと楽天的に見える。彼等は〈トンコ節〉を責める権利すらもっていない。もし詩人が〈トンコ節〉を責めるのなら、彼は〈トンコ節〉に代る新しい歌を作詞することによってのみ、その責任を果し得るのであり、彼は現在のところ自分の歌が、人々にむかえられぬとわかっても、自分のよいと信じる歌を書くことで、詩を主張せねばならないのだ。少々大げさにいえば、現在の日本の流行歌には、すべての詩人が責任を負わねばならないのだ。大衆などというあやしげな言葉をふりまわして、自らの趣味の高尚を誇る前に、詩人は先ず実際の作品で一歩一歩詩というものを、人々の中に切り開いてゆかなければならないのだ。いいたい放題をいって自らの告白癖や主張癖を満足させる前に、詩人にも、他のすべての職業の人間と同様に、人々を生かすという責任のあるのを忘れてはならない。

ひとつの死体、空と地との間に横たわり、変らぬ太陽に照らされて、刻々に腐ってゆくひとつの死体。彼にとって詩とは何であったか。彼にとって詩とは彼を悔いさせぬものでなければならぬ。彼を感動させ、にせものの生活から、本当の生の方へ、はばたかせるものでなければならぬ。彼の日々の生活を助け、彼をたとえひとときでもこの長い生に耐えさせるものでなければならぬ。詩は彼を世界と共に生かすためにあるのだ。そして詩人は、ひとつの死体の前で、〈私も彼を生かした、丁度彼が私を生かしてくれたと同じように。〉といえるようにならねばならぬ。

世界はきりがない。こうして私たちは生きていて、これからも生き続けねばならない。この退屈で単純な事実だけがすべてをおおっている。詩もそのための役目をもっているのだ。詩は私のものではない。詩は世界のもの人々のものだ。詩人は詩を書くことで、人々とむすばれ、世界とむすばれるという難しい道をゆかねばならない。時に私も、沈黙によってのみ世界とむすばれると思うことがある。だがそれさえも、詩人であるための感動のひとつの核にせねばならぬと私は思う。詩人が自らを生かすことと、人々を生かすこととの間には区別がない。詩人は自らを生かすことによって、人々を生かし、同時に人々を生かすことによって、自らを生かすのである。詩人が新しい言葉によって、自らのジレムマを解こうとする時、彼は同時に人々の生活を変えようとしているのだ。

科学者たちが新しい宇宙船を世界に向けて出発させる時、詩人は新しい言葉を世界に向けて出発させる。宇宙の沈黙の中で、それらは同じひとつの武器、人間を生き続けさせるための武器なのだ。

（「ユリイカ」一九五六年十月号）

自伝風の断片

最初の日付

誕生、一九三一年一二月一五日。自ら択(えら)んだわけではなく、またその正確さをたしかめるすべもないこの日付に、しかし別に異論はない。むしろ気に入っていると云ってもいい。ベートーベンと同じ誕生日であるからである。(ベートーベンの誕生日については、一二月一六日説、一七日説もあるが、これらはいうまでもなく余りにもアカデミックな謬見(びゅうけん)にすぎない)

生れた場所は、東京信濃町(しなのまち)の慶應(けいおう)病院、父は母の出産を待つ間、廊下でヨーヨーをしていたそうである。

私は帝王切開で生れた。帝王切開で生れた子は利口だが我慢強さに欠けるところがあると俗説にいう。信ずるに足る。加えて私は幼時、心臓弁膜症だった。短距離競走は選手だったが、マラソンは全く不得手であり、現在も大河小説だの、長篇叙事詩だのに野心をもち得ない。弁膜症はその後、中途半端な形で癒ってしまったらしいが。

祖父

母方の祖父が、初孫を欲しがらなかったら、私はこの世に存在しなかったかもしれない。父母は子どもなど要らないと思っていたようである。私がお腹にできた時も、はじめ生む気はなかったらしい。それなのに、生れるや否や母は赤ん坊に夢中になり、二月に汗疹をつくって医者に笑われた。

私の生命の恩人である祖父は、政友会の代議士などをした人である。いつも妙な発明に金を出しては、だまされていた。京都府下淀町に、淀城の外濠に囲まれた大きな邸を構えていた。その家には一箇所、廊下が坂になってる所があった。そこを通る度に、何故か私はかすかな不安にとらえられた。

その家にはまた、土蔵がふたつあった。子どもだった私は、蔵の重い扉を力いっぱい引き開けるのが楽しかった。鼠返しをまたいで中へ入ると、大きな籐椅子が天井から吊ってあった。

敗戦の年の夏から翌年秋まで、私は母とそこに疎開した。今は家も土地も人手に渡り、アパートが建っている。

お祈り

私は寝床に入る。天井の電灯が消され、暗闇の中で私はひとりぼっちになる。手を胸のうえに組み、私は〈お祈り〉を始める。

——火事になりませんように、地震がおこりませんように、泥棒が入りませんように、お父さんお母さんが死にませんように、淀のおじちゃんおばちゃんが死にませんように、常滑（とこなめ）のおじちゃんおばちゃんも死にませんように、誰も病気になりませんように、神さまどうかお願いします——

幼い私が〈神さま〉を信じていたのかどうかは疑わしい。だが毎夜のお祈りの習慣をやめたが最後、何かおそろしい不幸がおこるのではないか、自分がほんとうにひとりぼっちになってしまうのではないかという恐怖に、私はとらえられていた。

お祈りを終えたあとも、私の不安は去らない。母がいるはずの茶の間が、妙にひっそりしている。何か物音を聞こうとして、暗闇の中で私は耳をすます。が、何も聞こえない。遂（つい）に私は我まんができなくなり、そっと寝床をぬけ出す。

茶の間の障子は、明るく電灯に照らされている。湯が沸く音も聞こえる。だがまだまだ私は安心できない。廊下の端に私はうずくまり、待っている。そのうちとうとう障子をほんの少し開けて、中をのぞきこむ。母はもちろん、そこにいる。

北軽井沢

生れた翌年から、夏になると北軽井沢大学村の小さな家に行く。北軽井沢と云っても、軽井沢とは関係が無い。軽井沢は長野県だが、北軽井沢は群馬県である。白根の鉱山から硫黄を積み出す軽便鉄道にゆられて、軽井沢から一時間半も北へ入るのである。その草軽電鉄は、やたらにカーブが多く、私はすぐに酔ってしまう。北軽井沢の駅前には、幌を下ろした珍しいオープンのダッジか何かのタクシーが待っている。警笛もゴムのラッパではなく、甲高い電気のやつだ。大学村の中の道は、轍がえぐれ、その真中には草が残っている。そういう道が私は大好きだった。

家は落葉松林の中にある。夕立が降ってくると、トタン葺きの屋根が鳴る。稀な幸運で、浅間山の爆発を見ることがある。噴煙には他の何物にも喩えられぬ、独特の邪悪な材質感がある。唐傘をさして、火山礫を避け、家に戻る。興奮は容易に去らない。

生きもの

妙に記憶にのこっていること　谷川徹三

俊太郎が五つ六つの頃であった。庭で遊んでいた彼が突然ジダンダをふむようにして泣き出した。そばにいた私が何かと思って見ると、犬がカマキリにちょっかいを出しているのである。それを俊太郎は、犬がカマキリを殺そうとしている、とって喰べようとしているとでも思ったのだろう。まだあんまり犬に馴れないで、少しばかりこわかった頃なので、自分で犬を叱ることができず、カマキリがかわいそうだから何とかしてやってくれとオトナ達に催促しているのがジダンダになったらしいのである。私が気がついて犬を追ったら、すぐ泣きやんだ。

このことは妙に私の記憶にのこっている。その時私は、そういう気質に俊太郎が生まれついたことを、なかば嬉しく、なかば気がかりに思って、それを母親に話したものだった。

今でも俊太郎は家の中に蟻が入ってきても、殺さないで、そっとそとへすてる。東京でも郊外のこのあたりは相当蠅がいるが、その蠅もよくよくでないと叩かないで、ときどき奥さんに怒られているようである。

おもしろいのは蚊である。中学校の理科で蚊のオスとメスとの形態の相違を教わり、かつオスの蚊は刺さないと教わったことは彼に一時、大きな救いをもたらした。手や足にとまった蚊についても、まずオスとメスの形態の相違を見究めて、オスだったらにがし、メスであることを確認したものだけを叩けばいいことになったからである。ところがその後蚊の繁殖にはオスも関係のある事実を知って、やむなくオスにもメスに対するのと同じ処置をとることにしたそうであるが、中学校で理科を教わった頃から、その新しい認識に到達するまで、どれだけの歳月が経ったかは聞き忘れた。

毎夏ゆく山の家にはメクラグモという、糸のように長い足をもった気味のわるいクモが見境なく机の上や寝床にまでやって来て、私はこいつは眼の敵にしているのだが、俊太郎はこれも殺せないで、そとへ捨てている。

（一九五九年）

冨山房の百科辞典

父の書斎兼応接間には独特な匂いがある。おそらくは四方の壁にぎっしりと並んでいる本の、特に洋書の、紙と皮革とそしてかびの匂い。日曜日には、若い客たちが終日そこで父と談笑しているが、父が留守の平日の午後などは、カーテンがひかれひっそりしている。

その隅っこの、じゅうたんの上に座りこんで、私は冨山房の百科辞典を見ている。その手ずれのある皮装の背の、呪文めいたインデックスの文字、たとえば、「ほんあみ〜ん」。何かを調べるために、見ているのではない。私は自分の外部の未知の世界をのぞきこんでいるのだ。

〈畸型〉という項の写真版が特に私を魅惑する。背中のくっついたシャム双生児、こびと、頭だけの胎児、六本の指――恐怖は無い。むしろ私はかすかなエロティシズムを感じている。私はうしろめたい。

私はかくれるようにして、度々百科辞典をひざの上にひろげる。今日学校で、丸くて青白い顔の同級生が笑いながら口にした謎の言葉、〈子の宮さま〉。私は一生懸命〈こ〉の項の頁をめくる。だが、何も出てない。

性に関する知識のほとんどすべてを、私はその百科辞典から吸収する。〈交接〉という項を私は読む。〈受胎〉という図版を何度もみつめる。理解はできないながら、私はそれらに執着する。

書斎には、世界美術全集も並んでいた。私もそこで〈聖セバスティアンの殉教〉に出会う。「仮面の告白」の主人公とは違って、私は奇妙な胸騒ぎを覚えるにとどまったが。

ピアノの部屋

通路のようにしか使えない、細長い中途半端な和室である。じゅうたんをしいて、ピアノと、レコードケースとその上に手巻きの蓄音器とを置いている。長押には須田国太郎の初期の油絵（どこかヨーロッパの街の風景）がかかっている。

私はいやいやながらピアノの前に座る。教則本には、悪い手の形と、良い手の形とが写真になっている。まるで医学書のような印象だ。悪い手の形の持主は、きっと体の他の部分も悪い形をしている、この人は病気なんだ、と私は思う。私は一生懸命、良い手の形で弾こうとする。うまくいかない。特に薬指と子指は弱々しく、ちっとも意志通り動いてくれない。

私の子ども時代、すなわち昭和十年代前半の雰囲気は、私にとって、ソナチネアルバムの中のいくつかの小曲によって代表されると云っても過言ではない。小学唱歌は、私を感傷的にしない。

やがて私は生れて初めて自分から一枚のレコードを母にせがむ。その曲は「海ゆかば」。そして同時にまた、防空演習で灯火管制の最中に「会議は踊る」のレコードをかけ、母にとめられる。ワインガルトナー指揮の、ベートーベンの「第五」をくり返しくり返し聞き始めるまでに、まだ数年の間がある。そして、同じベートーベンの後期の弦楽四重奏曲、ピアノ奏鳴曲に移るのは、戦後だ。

朝

朝早く、私は庭に立っている。芝の上に露がおりている。隣家の敷地の端に立っている大きなにせアカシアの木のむこうから、太陽がのぼってくる。

その時、私の心に、何か生れて初めてのものが生れる。好ききらい、快不快、喜び哀(かな)しみ、こわいこわくない——今まで経験してきたそういう心の状態とは全く違った新しいもの、もっと大きなもの、その時はその名を知らなかったが、おそらく〈詩〉とも呼ばれ得るもの。その日の感動を、私は小学生らしく簡単に日記に書きとめる。

「今日、生れて初めて、朝を美しいと思った」

いじめっ子

校庭のはずれにある低い鉄棒のかたわらに私は呼び出される。放課後を大分過ぎているので、校庭にはもう誰もいない。私とその〈いじめっ子〉の二人だけだ。私はいきなり往復びんたをはられる。私はびっくりする。それまで人に打たれた経験がないので、何をされたのかもよく分らない。ひとりっ子に育った私は打ち返してけんかをしようということも思いつかない。驚きと当惑のあとに、恐怖と嫌悪がやってくる。やせこけた子猿のようなその〈いじめっ子〉は、今度は私に足払いをくらわせる。そうしながら何か威勢のいい言葉を発しているが、それはとにかく私が生意気だということを云ってるらしい。私はされるがままになっている。怒りはわいてこない、だが私は恥ずかしい、何故かひどく恥ずかしく、そして怖しい。しかし私は泣かない。

水雷艦長

私たちは〈水雷艦長〉という遊びをしている。私はちびだが足は速いし、小廻りもきく。帽子のひさしをうしろに廻して私ははり切っている。私は大柄な敵をひとり追いつめてタッチする。近所の農家の子だ、勉強はあまりできない。敵は私にタッチされたのに、捕虜になろうとしない、ルール違反だ。私が何度云っても、にやにや笑ってとりあおうとしない。私はかっとなる。自分でも思いがけない言葉が口からとび出す。「どん百姓！」

にやにや笑って逃げ廻っていた敵が急に立ち止まり、真面目な顔になる。今度は私の逃げる番だ。もうゲームではない、もうルールもない。私は逃げる、逃げぬく。校舎に入り、階段を駆け上り、駆け下りる。敵は追いつけない、だが敵はどこまでも追ってくる。すでに半分泣きながら気違いのように追ってくる。私は遂に〈親分〉に救いを求める。いつもはけむたい存在である〈親分〉に。彼には子どもながら俠気がある。彼は〈父ちゃんのとこにひっぱってく〉といきまく相手をなだめ、私に詫びを入れさせる。私はもう本気になって後悔している。

けんか

伊藤という、いささかかんしゃくもちのその子は怒っている。顔は紅潮し、額に静脈が浮き出ている。メンソレータムを塗った唇のまわりが、ぬれたように光っている。私は自分の机に座っていて、その子は前に立ちはだかり、両手で机の角をつかんでいる。

何が理由での口論だったのだろうか。私はよどみなく自分の立場を主張する。私は自分が正しいことを半分くらい信じている、あとの半分は自分の口のうまさに頼ろうとしている。相手はだんだん言葉につまってくる。そして遂に校庭へ出ろと云いだす。腕でこいというわけだ。だが私には腕力に訴えねばならぬ理由は全く無い。私は拒み通す。気短かなその子はしかしフェアプレーを重んずる。私にあえて手出しはしない。やがて始業のベルが鳴り、私たちをとりまいていた見物も散ってゆく。私は勝つ。

放課後、私たち二人は別々に先生に呼ばれる。先生は私の正しさを認めながら、けんかを受けて立たなかった私を残念に思うと云う。初めて私に怒りがわいてくる。私は先生のその考え方をひそかに軽べつする。だが一方で、私はその若い先生の本当に残念に思っている気持を素直に受けとっている。私は彼を好きにこそなれ、きらいにはならない。

河邨文一郎氏

庭伝いに父のところに客がある。時折現れる白皙の美青年だ。青年は何かを置いて帰る。清書され、きちんと綴じられた原稿、というより、これは一部限定の本といっていい。表紙がつけられ、そこに勢いのいい毛筆の文字が躍っている。文字の黒と対照的に、赤で何か鳳凰のような形の装飾も画かれていたのではなかったか。

りかけの模型飛行機のほうにもどる。

「何？」と私は訊ねる。「詩よ」と母が答える。読んでみる。何も分らない。私はつく

模型飛行機

A—一型　四ノ一　谷川俊太郎

僕は此のA—一型を作るまでにもう模型飛行機を十機近くも作ったが、どれもよく飛ばなくて、ちょっと飛ばすとすぐこはれてしまふやうな代物だった。或日とう〳〵お母さんに「俊ちゃんのは形ばかりでちょっとも飛ばなくて、少しお母さんがいぢるとすぐこはれてしまふかざり物みたいな飛行機ぢゃないの。今度はもっとよく飛んで、丈夫なのを作りなさい。」とお小言を言はれてしまった。それで僕は、(今度はやさしくてよく飛ぶのを作らう。)と考へて此のA—一型ライトプレーンを買っていたゞいたのであった。これは、去年の暮に服部さんの小母さんにお年玉として買っていたゞいたので服部さんの小母さんにも早くお見せしなくてはと思っていよ〳〵製作に取りかかった。

今度のは丈夫で正しくといふことが目的なので、形は少し位まづくてもよいと思

って絲でしばるのも出來るだけきつくした。コ字形金具と車きゃくをつけた。後部ゴム掛も取れないやうにきつくしばった。車きゃくとプロペラがついたのでゴムを掛けて走らせて見た。とてもよく走るので其の晩はずっと走らせて遊んだ。前の方がすんだら今度は後だ。垂直尾翼はうまく出來たが水平尾翼が、機體のスラストラインに直角でなくてはならないのがへんに曲ってしまったので、これはしまった、と思ったがもう後の祭で仕方がない。尾翼に紙を張って重心を計った。次が問題の主翼である。設計圖に合はせて一生けん命作った。リブを作るのは大分むづかしい。少し變な形になってしまった。それでもやうやく出來た。紙を張って、重心と主翼前縁から三分の一の所を一致させ取付角上反角をつけてしばりつけた。それと同時に出來たといふ喜びをおさへ切れなくなって、思はずそれを持ってはねまはってしまった。しかしまだそれがよく飛ぶか飛ばぬかがきまってゐない。ベランダで滑空試驗をしやうとしたが何だかこはい。思ひきって手をはなすとすーっとうまく滑空した。これはなか／＼よいと思って、それから何度も何度もやった。其の晩はそれをまくらもとへかざって寢た。明日はいよ／＼飛ばすのだ。

翌日は、大場さんの晋ちゃんと高等科へ飛ばしに行かうと思って呼びに行くと晋ちゃんが「小林さんのあきらちゃんも呼んで行かう。」と言ふので行くとあきらちゃんはちゃうどお客様だった。待ってゐてもつまらないので、北郷君のうちへ行って「飛行機飛ばしに行かないか。」と聞くと寒いからいやだと言ふ。仕方がないので歸りかけると向かふからあきらちゃんが模型を二機もかゝへて來たので、すぐに高等科へ飛ばしに行った。胸がわく〳〵する。一重全こぶ位まいて少し上向きにして飛ばした。ぐん〳〵上しゃうして上空でぐるりとまはって滑走した。次は地上發航でやった。あまり上へは上らないが飛ぶ。僕のにしてはとてもよく飛んだ。それからはもうむ中で飛ばした。一ぺんは校庭の外まで出て池へ落ちてしまったりした。がやっぱりあきらちゃんにはかなはない。あきらちゃんは後へ飛ぶのなどを作ってゐる。

これからは僕等小國民がりっぱな發明や發見をしなければならない。僕もこれからは自分で設計して作らうと思ってゐる。僕の模型よ、お前もほんとの飛行機と一緒にニューヨーク爆撃に行け！

（一九四二年三月二日）

東條首相

朝刊に、東條首相が朝の散歩の途中で、小学生たちの頭を撫でている写真が出ている。私が感心して眺めていると、かたわらの父がおだやかに、だが苦々しげに「こういうことをやるようになっては、おしまいだ。」というような意味のことを云う。

過去

思い出すのがいやだというような過去は私には無い。あの時ああすればよかったという悔いも無い。悔いを残さぬように心がけて生きてきたわけではなく、また、どんな過ちも悔いまいという強い意志があるわけでもない。私には、悔いという形で過去を考えることができないのだろうと思う。

私にとって、過去は私の背後に伸びている道路の如きものではない。過去は、もっと空間的にもつれあってひろがっている。だから日付や年代に沿って過去を整理することは苦手だ。すんでしまったことは何も無くて、私はいまだに自分が幼年時代にとらわれていると感じることがある。

思い出すのが楽しいという過去も、私にはほとんど無いようだ。子どもの頃、ピーターパンに憧れて、いつまでも子どもでいたいと思ったことはあるが、今、子どもに戻りたいとは思ってもみない。ピーターパンに憧れたのは、思春期に近づいた自分の肉体が、一時期大変みにくいものに感じられたからであり、自分の思うままに生きることのできなかった未成年期は、むしろ苦痛のほうが大きかったように憶(おぼ)えている。

ひとりっ子に生れ、母親に甘えて育った私は、子どもの頃、母を失うということが他の何ものよりも怖しかった。母の帰りがおそい時など、壁のほうを向いてひとりでしくしく泣きながら、私はくり返しくり返し母の死を想像し、それに耐えられるように自分で自分を訓練した。母とのむすびつきが余りに強かったために、青年期になって、精神的に母から独立した時、私は自分がひとりで生きられると錯覚するようになっていた。今でも私の心の中のどこかに、ひとりで生きられる、ひとりで生きるしかないという感覚が残っているように思う。それが或る面で、私の強さとして表れているのもたしかだが、今の私にはそれがむしろ、エゴイズムとむすびついていることのほうが、より強く意識される。

空襲

焼夷弾が夜空を、光の雨のように降ってくる。美しいと感ずる余裕はなかった筈だが、記憶の中では美しい。丁度真上で落されたそれらが、風でゆっくりと流されてゆく。助かったと思う気持はかくせない。

東に火の手があがり、やがて家のまわりの路地が、避難してきた人々でにぎやかになる。防空頭巾をかぶったまま、私は眠ってしまう。

翌朝早く、友人たちと自転車に乗って、高円寺あたりの焼跡を見に行く。焼死体はみな黒く、不思議につやつやしていて、カツオブシを連想させる。股のところに、小さな穴があいている。（こういう経験は、これ以上何を書いても、それは修飾にすぎないという風に、私にはとらえられている。その時の自分の感情も、よく憶えていないと云うのが最も正確だろう。重苦しいものはなかったし、むしろ我々ははしゃいでいたと思うが。）

不発の焼夷弾を拾って帰る。中のマグネシウムの粉は、火をつけると花火のように燃える。信管は分解しようとしたが手に負えない。石にたたきつけると、小さく破裂音がした。六角形の筒形の錘(おもり)のようなものは、米つき用の竹棒につけられ、一升瓶の中の玄米を搗(つ)く。

学校に出ると、友人が硝子(ガラス)の破片のようなものをくれる、敵機の風防の断片だそうだ。こすると甘い良い匂いがする。合成樹脂というものに触れた最初の機会だろう。

一九五五年に書いた短い文章

詩を書き始めの頃

詩人という名を自らすすんで僭称(せんしょう)せねばならぬと覚悟を決めたのは、いつ頃からのことであったろうか。中学校の同級生だった北川幸比古(きたがわさちひこ)を通して詩に親しみ始めていた頃は、自分が詩人になろうなどとは夢にも思ってはいなかった。僕はどちらかと云えば文学青年ではなかったと思う。中学の中頃から大分ぐれてきてはいたが、それはおそらく思春期というものであって肉体が何やかやとごねているのを精神のせいにするのは余り好まなかったように記憶している。学校がいやでいやで仕方のなかったことを除いては、僕は戦後の妙な時期を大変幸せにすごした。つまり僕は異常な時代を平常に生活していた。僕は異常なものを平常なものと信じるくせがついていた。

北川幸比古は僕よりはるかに感じ易い文学青年であった。僕はピンポンにつきあうように、彼の詩につきあって詩を書いた。当時僕の最も好んだ詩人は、岩佐東一郎であった。今から思えば浅薄な理解であろうが、僕は岩佐氏の詩を大層趣味的なものとして理解していた。そのしゃれっ気と情念の節度とを僕は好み、公然とそれにならっていた。僕が詩をノートに書きため始めたのは、一体どういう心境だったのか、今は判然としない。だが、だんだんに詩を書くことの外に、することのなくなってきていたのは事実だった。残念だがそれが最も本当に近い。僕は詩が好きで好きでたまらぬといったようなタイプではない。自分の書いたものを、雑誌に投稿などするようになったのも、受験勉強の退屈まぎれにであった。螢雪時代からノート、学窓とやらから万年筆、そして一番の大当りは、学苑とかいう雑誌のコンクールの次席になって、たしか三千円ばかりもらったことがあった。どうしても大学へゆくのがいやで、とうとう我を通したかわりに、何か自分の仕事のようなものを両親に誇示して安心させねばならなかった時に、二冊の詩のノートが役に立った。思えばこれが一生の不作の始まりだった。僕はその日からタフ・ガイになることをあきらめざるを得なくなったのである。三好達治（みよしたつじ）先生がわざわざ僕の詩をほめに来て下さった時も、僕はまだあまりに子供だった。僕は詩人になることのおそろしさなどちっとも解っていなかった。

だが今になってみると、僕の詩への入り方は大変いい入り方だったと思う。僕は何の理想も先入観もなく素直に即物的に詩を知っていった。少くとも当時は、僕は感傷的でも、観念的でもなかった。僕は自転車に乗るように、ピンポンをするように、詩を書いていた。気楽な話である。僕も年をとったものだ。誇張でなく近頃よくそう思う。

詩はまだしも、若書きの文章というやつは全く始末に悪い。たとえばこの文章の中の〈一生の不作の始まり〉などというユーモアにもなってないいやみな云いかた、またたとえば「世界へ！」の中の〈詩から一切の曖昧な私性を完全に追放してしまう〉などの空疎な妄語、拾い出せばきりのないこういう自分の浅はかさは、けれどそのまま現在の私の浅はかさにつながる。これらの文章を、全く否定し去るほど私は無責任ではないし、自分にかまけすぎることの不健康も知っているつもりだが——まあいい、もうやめよう。

少くとも私は動きつづけている。一日のメランコリアを、酒で紛らわすこともできず、まして詩で紛らわすことなどとうていできずに。

書き落していることがひとつある。初めて雑誌に詩を投稿した時、私は最初で最後のペンネームを使った。どんな詩を書いたかは忘れてしまったが、そのペンネームだけは覚えている。棚川新太郎というのである。

（一九六九年九月）

五月の空

私の家の庭に、鯉のぼりというものが立つようになってから、もう五年目になる。植え木屋の手間が法外だというので、例年のごとくアルバイトをお願いした近所の学生さんに、ことしはガールフレンドが一緒だった。映画代にも満たぬおこづかいほしさとは思われない、鯉のぼりを立てるというこのささやかな行為に、彼女は魅せられたのではなかったか。男兄弟があったその思い出に、それともなかったその物珍しさにひかれて――と、これは私の勝手な想像。わが家では、五歳になる息子よりも、二歳の娘のほうが、鯉のぼりを喜んでいるようだ。

街ではいち早く若い女が、腕をあらわにして大通りを歩いてゆく。理由もなく、（あるいは若さを惜しむというりっぱな理由があってか）私は口惜しい。きょうはさっそく真似をして半袖のスポーツシャツをひっぱり出す。ただし、生地は木綿ではなく羊毛だ。見ると腕はまだちゃんと肩からはえていた。寒い季節の間、たいした仕事もしなかったかわり、人殺しもせずにすんだ二本の腕。ある日突然これが一対の羽根に変わっていたら——顔を赤らめもせずに空を飛ぶ自信は、私には無い。夢ではときどき飛んでいるのだが、大体電信柱あたりの高さを、自転車くらいの速度で飛んでいるのだが。

マルセル・アモンというシャンソン歌いがうたった「飛ぶ男」という歌がある。いろいろ考えたり試したりした末に、遂に男は空飛ぶ方法を発明する。とても簡単な方法だ。すなわち、目をつぶればいいのである。かくして彼は空へ舞い上がる。彼は夢中になる、そのあげく大声で息子を呼んでしまう。〈ごらん、おとうさんは空を飛んでるよ!〉ちびのリアリストは軽べつしたような目付きで父親をみつめる。ふとわれに返り、目を開いて息子と顔をつきあわせる哀れな父親、飛ぶ男——まあ十点満点で、九点はあげてもいいシャンソンだった。

あらゆる季節の中で、初夏というこの季節が、私はいちばん好きだ。そういう好ききらいを決定するものは、一体何だろう。生まれなのか、育ちなのか、それはわからぬが、初夏が好きというこの小事もまた、私の性格を決定している要素のひとつに違いない。前へ前へと進んでゆきながら、その生をめざす性急さゆえに死の予感を含んでいる春と、刹那の完璧に賭けながら、すでに凋落(ちょうらく)の秋へのあきらめに満ちている夏との間の季節、初夏には純粋な期待の美しさがある、むしろ期待と予感そのものが、そこで完成してしまっている。

そんなふうに言ってしまうと、けれど私は少々心もとない。何だかうまく説明しすぎてしまったようだ。そんな抽象的な言葉で語らなくとも、私は庭石の上の陽差を描写するだけで十分なはずだ。しかし、それこそ難事だと私は知っている。石の上の光、その微妙な諧調(かいちょう)を私の心はたしかに受けとめているのだが、それを言葉にすることは、死ぬまで私にはできないだろう。そんなあきらめは詩人にふさわしくないと私を責める者もいるが、私は私でそれをあきらめというよりは、事物に対する一種のへりくだりというふうに考えている。私はもしかすると芸術家よりも、聖者のほうが好きなのかもしれない。

　エドワード・スタイケンという、アメリカの老写真家、かの〈人間家族〉写真展を創(つく)り出した男、いまは樹の写真ばかり撮っているそうである。写真集でその数枚を見たが、美しかった。樹が美しかったのか、スタイケンの行為を美しいと思ったのか、おそらくはその両方だったのだろうけれど。

　先日、唐突に「あなたはどんな時に幸福ですか」と問われた。考える暇(いとま)はなく、またそれだけ正直に、私は答えた。突然何の理由もなく深い幸福感にとらえられることがあります、だが次の瞬間、不幸のどん底におちたように感じることもありますと。

　幸福と不幸とをゆききするその烈しい振幅、それこそ生きることではないかと考えることがある。少なくとも現代に生きている限り、全き幸福はあり得ない。それは常に不幸の上に成り立っている。だがまたこの世に生きている限り、全き不幸もあり得ない。不幸の分子構造は、幸福の原子なしには成り立たない。幸福と不幸は質的に連続している、その二つの言葉はアントニムではあり得ない。幸福と不幸の不断のサイクル、そこから私はエネルギーを得ているようだ。芦原義信（あしはらよしのぶ）さんは、これをいみじくも躁鬱（そううつ）病的幸福論と名づけられたが。

MAY, MAY-DAY——私はそれを落第生のように、……してもよい日と訳す。生きていてよい月、五月、喜んでよい月、哀しんでよい月、希望をもってよい月、愛してよい月、五月、その寛大な五月が、その日から始まっていた。

（一九六五年）

五月に

五月といえばもう初夏である。だが日本では、夏の初めがまっすぐに夏へはつづいてゆかない。間に梅雨（つゆ）といううっとうしい季節がはさまる。梅雨は季語としては夏に分類されるようだが、私の感じでは夏ではなく、かといってもちろん春でもない。何か四季から少しはずれた特殊な季節のような気もするのである。

統計的にみると、入梅の日付は五月四日から六月二十二日までの間に分布しているそうだが、私の心の中では五月という月は、やはり五月晴れ（さつきばれ）の五月である。それはまぶしくきらきらと輝いていて、しかもかわいている。あとに梅雨をひかえているから、余計対照的にそう感じられるのだ。

そういえば五月晴れという言葉は、昔は旧暦で梅雨の中休みの晴れ間をさしていたという。今は新暦で五月初旬の、たとえば鯉のぼりの勢いよく泳いでいる晴天をさすようだが、そのいずれにも、私は秋晴れとは違ったものを感ずる。五月晴れには秋晴れにない予感のようなものがある。

秋晴れはそれ自体で充足していて、あとにはもう何も残っていない。からっと晴れ上がったという、そのからっぽな感じにむしろすがすがしさがあるのだが、五月晴れにはそういう底が抜けたような安心がない。かすかないら立ちといわれのない希望がある。梅雨といううす暗い季節をぬけて、その先に夏がある、そのことへの期待や欲望がそんな感情を呼びさますのはたしかであるが、同時にそのいら立ちや希望は、もっと形のないものにも向かっていると私は思う。日時はややずれるけれどもそれをキリストの復活にむすびつけ、派手な帽子で発散してしまう人々もいるわけだが、私にとってはその表現は何であろうとその中心は、自分一個のこの生きている肉体に帰ってきそうである。すなわちそれは私という一個の生物の生命欲のようなものにむすびついている。それゆえにそれは、自分に発し自分に帰る一種自己中心的な息苦しさを伴うのである。

そんな時に私を襲う予感は、だから他人への思いやりなどというものは一切含んでいない。世界はどうあろうと自分は生きるのだという盲目的な予感なのであって、それはもちろん論理的なものではあり得ないし、こうしてそれを他人に語ることすら無意味なのかもしれない。

けれどそうした生きることへの衝動が、私にとっては大切なものであることは疑いない。私に人を愛することができるのも、詩を書くことができるのも、もしかすると他人のために自分を犠牲にすることができるのも、すべてはその力が源になっているからである。

他人からではなく自然から、いやもっと深く宇宙そのものから直接に生きる力を得るというのは、何も私だけの特権ではなかろう。あらゆる人が知らず知らずのうちに同じことをしていると思う。社会の中での他人との関係というものにも、その根元には一個の生命体としての人間の盲目的で自分中心の生命力が働いている。いわばそういう絶対的な孤独から、人間は常に新しく関係を出発させると私は考えている。

だからこそ我々には他人に対して想像力を働かせる必要があるのである。特に遠い他人に対してはそれよりほかにむすばれようはない。そしてそのためには、我々は自分のエゴイズムをできる限り深くつきつめるしかない。自分の生命欲と全く等しい生命欲を、他人の中に認めるしかない。想像力によって呼びさまされるものは、安易な同情などではない。それは欲望と欲望のせめぎあう無間(むけん)地獄なのである。

現代の都会に住む人間にとっては、季節感などないに等しいという意見がある。かつてそう思ったこともあったが、今は私は信じない。街に一本の街路樹がある限り、空に本物の太陽がかいま見える限り、季節は我々について回り、我々に新たに感ずることを強いる。季節は移り、季節はまた来るとしか感じないのは、すでに自分で感じていない証拠ではないか？

街かどで出会うにおいのようにはかないもの、その時ふと動いた自分の心のひだに分け入る余裕があれば、そこに何と多くのものがかくされていることだろう。際限もなく自分をみつめることが他人につながり、世界につながると、このごろようやく私にもわかってきた。〈汝自身を知れ〉とは、恐ろしい言葉だと思う。近い他人への思いやりはあっても、遠い他人への想像力の働かなかった自分に、やっと私は気づき始めている。かつての五月に、私は自分の魂にのみ気をうばわれていて、他人などというものにはとんと思いが及ばなかった。青葉の輝きは私の目の楽しみのために存在し、それを目にするつかの間の幸福を私は当然のものとして私有していた。

今もそれに変わりはないし、その幸福を感ずる能力を失っては、私に人の不幸を感ずることもなくなるだろう。けれど今はその幸福の肉感がひとつの相対的なものとして感じられる。答えは何ひとつ出ていなくて、かすかないら立ちといわれのない希望は、やはり私を息苦しくさせるのだが、五月に出会うたび、私が五月によって年輪の或る部分を加え得ているということもまた、私には信じられる。

（一九六八年）

室内について

西洋人の室内はにぎやかである。先ずいろいろな形の椅子や卓があり、色とりどりのカーテンや敷物がある。壁にはいたる所に絵や思い出の写真などが飾られ、花ひとつとってみても、一輪ざしなどというのはほとんど見当たらず、たいてい数種類の切花が、花びんにあふれんばかりである。

加えてむこうの主婦はよく部屋の模様がえというのをやる。ソファをこっちの隅からあっちの隅へ移すなどという単純なのから、壁紙から家具にはってある布まで、ぜんぶ新しい色、新しい模様にするなどという大改造まで、それもまたとりどりだが、その改造によって日常生活にあるドラマティックな、そして時にはロマンティックなものがよみがえることはたしかに感じられた。

部屋を美しく、気持よく飾るという仕事は、単なる実用や趣味を超えて、その家に住む人々の教養や審美眼を表現するひとつの大切な要素らしかった。だからこそ客も家具やカーテンについて何か一言世辞を言うのが礼儀なのである。古ぼけた何のへんてつもない砂岩のビルディングに一歩入ると、まるで花園のような個性的な室内がひらけてびっくりさせられることもしばしばであった。

そういう西洋の室内に比べて、日本の伝統的な室内は対照的に厳しく冷たい。絵といえば床の間にかかった墨絵の一幅、あとは畳の色と感触、障子に映る日差し、窓や襖（ふすま）の寸法も規格の枠におさまっているし、家具は無いに等しい。模様がえなどする必要もないし、出来もしないのである。わずかに障子を開け放って、四季折々の庭の変化を楽しむくらいである。

そこに住む人間の表現たり得るものは、一幅の絵、一個の茶碗にむしろ象徴されていて、そこにはおそらくその家の主婦に入りこむすきなどなかった。

そんな日本の室内が強烈になつかしく、美しく感じられる時はたしかに私にもある。けれどその中で生活するとすれば、私はどちらかと言えば西洋のにぎやかな室内をとるようだ。そこでのうるさい程の人間臭に、私はあたたかさ、居心地のよさを感ずるようだ。言葉をかえると、私には室内に甘えていたい心持がある。西洋の室内にあるようなこまごました物に、心をまぎらわせていたいようなところがある。

日本の静かな簡素な室内の、冷え冷えした美しさが、私にはむしろ怖ろしい。そこに何かがひそんでいそうだからこわいのではない、そこにあるものが、余りに少ないから、却って心が乱れるのである。記憶とか経験とか、人間が一生の間に積み重ねてゆけると信じているものが、そこでは初めから無視されているような不安を感じてしまう。

日本の室内が貧しく、西洋の室内が豊かだという風に思うのではない。択びぬかれた数少ないものが示す心の豊かさは、私にも理解できる。だがそれで自足する心から、知らず知らずのうちにこぼれ落ちる俗なもの、つまらぬもの、みにくいものにも人間はいる筈だ。

西洋の室内にも、たとえば、シェーカー教徒のそれのように、厳しい簡素をもったものはある。だがそこにあらわにされている禁欲の雰囲気は日本の室内には見当たらない。逆に日本の室内にも、襖や板戸にまで華やかな絵を使った、はなやいだ空間もある。だがそこでも室内は、人間をおおい守るものとしてよりも、人間を自然に、そしておそらく宿命というものにさらすものとして働いている。

昔の日本人の心のつよさももてず、かと言って西洋の室内の、あの小鳥が巣をかけるような丹念なこまやかさももてぬ我々は、新建材のうつろなマチエールにかこまれて、とまどっている。

（一九六九年）

私の海

幼い頃、私は軽い心臓弁膜症にかかっていて、医者から泳ぎを禁じられていた。たしか五つか六つの頃、親しくしていたH家の人たちと一緒に、母に連れられて鵠沼（くげぬま）の海岸に夏の数日を過ごしたことがあった。毎年、夏には北軽井沢の高原に連れてゆかれるのがならいだった私には、海はほとんど初めての経験だった。私はとまどい、恐怖を感じた。泳ぎの上手な年下の女友だちが、ふざけて水をはねかえすのを私は本気で逃げまわった。息を吸いこむばかりで、吐くことが出来なくなるのが嫌だった。濡れてべとつく肌が嫌だった。砂浜に打ち寄せられている気味のわるい形の海藻のにおいも、岩の間を走りまわる見なれない虫も嫌だった。はだしの足に吸い着いてくるざらざらした砂の感触も嫌だった。私は海に敵意を感じた。海を好いている友だち達にも敵意を感じた。私はひとりぼっちだった。自分の住んでいる国が、まわりを海でとりかこまれていると聞かされて、私は絶望するのだった。

数年たって、学校にあがった私は、「我は海の子　白波の……」というような歌を、何か後ろめたいような妙な心持で歌い、むしろ、「我はノミの子　シラミの子……」という子供っぽいかえ歌の方を大声で歌った。どうやら心臓の方はよくなったらしく、私は知り合いの親切な海軍兵曹長に、泳ぎを教わる羽目になった。目や鼻にえがらっぽい海水が入ってくるのが我慢出来なかった。二米先に立っている兵曹長の所まで犬かきで行こうとするのだが、いつまでたっても到着しない。私は兵曹長が後ずさりするのを知っていたが、それを責める気にはなれなかった。私は子供心にいつか外国に行きたいと思っていたし、その頃は外国に行くには船に乗るしかなかったのだから。だが、私の泳ぎは、一向に上達しなかった。

＊

私の父は海辺の町の生まれなのだが、子供の頃はどうしても魚が食べられなかったのだそうだ。家の中で魚の料理が始まると、壁の方を向いて、ひとりで紅しょうがをおかずに御飯を食べていたという。親達は「これはいい坊主になる」と言い言いし、事実、その方の養子縁組もととのいかけていたらしいのだが、青年期に入る頃から、だんだんに道楽息子になり始め、今でも少くとも食べる方だけは、自他共に許す道楽ぶりである。食べものについて父の下す否定的判断のうちで、最も決定的なものは「なまぐさい」

という一言である。もちろん主として魚に関して言うことが多く、この場合、「なまぐさい」と「生きがよくない」は同義語なのだが、その他にも、例えば野菜や果物の切口に残る庖丁（ほうちょう）のにおいや、味噌汁（みそしる）の中のかつおぶしの良し悪（あ）しにも使う。幼い頃の私は、父の「なまぐさい」を聞いているうちに、なまぐささこそ、世界中で一番悪いにおいだと信じるようになっていた位であった。

魚や肉のなまぐささとは少し違うが、海もまたなまぐささをもっている。よく晴れた日の砂浜などでは、磯くささも乾いた塩味をもっていて快いが、曇った日の、海藻類のはびこった岩の多い海辺などでは、それはどこか人を不快にさせるなまなましさをもっているようだ。

なまぐさいという言葉は俗っぽいとか、なまいきとかの意味をももっている。仏教的なものの影響があるのだろうが、日本人にはこれまで、生命のあらわな形とでもいうべきものを余り好まない風があったように思われる。なまぐさいというような言葉は、私には何か日本的感性の産物であるように思われるのだ。

なまぐささ、それは或る意味で、生命そのものの宿命的になっているにおいであろう。われわれの血は、血なまぐさい筈だ。そのにおいに背を向けることは出来ない。

私が海のなまぐささに感じる不快を、ただ単にいやなにおいだと言ってすましてしまうことが出来ないのは、生命と海との切り離すことの出来ぬむすびつきをおそらくほとんど肉体的にと言っていい隠微な深さで私が感じているからに違いない。生命の誕生は海辺に始まったと、生物学の本は説明している。

海、遠い海よ！　と私は紙にしたためる。——海よ、僕らの使ふ文字では、お前の中に母がゐる。そして母よ、仏蘭西(フランス)人の言葉では、あなたの中に海がある。

「郷愁」と題された詩の中の、三好達治氏のこのような詩が、私の中にさまざまな観念を呼びさます。

海はたしかに生命の母だ。そして、母であるが故に女でもある。海の潮と女の潮とは、同じように月によって動かされる。何がそれらに、同じひとつの生命のリズムをくり返させるのだろうか。

海についての作品は私には少ない。むしろ他の多くの詩人や作家の言葉から、私は海の見方について多くを学んだ。

例えば、三島由紀夫(みしまゆきお)氏の初期の美しい小品、『岬にての物語』の中の一節——

一日、轟(とどろ)く飛沫に足を濡らして、私は自分の幼ない頭脳のありたけで、海に立ち向はうとしてゐた。支へきれない海を支へようとしてゐた。かゝる時こそ、何ものかがあそこで求め誘ひ呼ばはつてゐると私は真率に感ずるのだつた。それに存分に応へることは何か極めて美しいことと然し人間のしてはならないことだと思はれた。

……

また例えば、西村宏一氏の、「海にて」と題された短い詩。

わたしは海ではない　わたしの夙いあきらめのゆえに——
お前の笑まいが証しする
お前の髪は汐風に吹きあがるのであると
お前は裸足に波をわたるのだと
わたしはしかし岸べだ
わたしはたゆたいに任せながら
あらうものにあらわれつゞける
或いはわたしは橋だ
あてなくはしけたを沖へとのばした
こういえばよいのか

わたしはなろうとするものだ
けれども
お前はあるものだ
お前はそこに栗色に輝きながら
眼を瞠って
いる

海に面した喫茶店の、明るいテラスに坐って、私はぼんやりと波音を聞いていた。店の中から、ナットキング・コールのトロピカルリズムの歌声が流れていた。そのいかにも黒人的な、少々ものうげな声のおかげで、私は束の間、自分がどこか当のない遠い旅に出ているように感じた。ここがワイキキでも、リヴィエラでも、コパカバーナでも、この太陽と風のにおいと波のひびきとは同じに違いない。海が私を誘いこもうとすることの無為は、同じに違いない。何故か私はひどく強情にそう思いこみたかった。

眺めるのと、その中に入ってゆくのとでは、海は何と違うのだろう。つい先程の、濡れて少し塩辛い唇の記憶は、まだ私の中でなまなましかった。しかし、生の充実と虚無との、瞬間毎の危ういバランスから生まれる海のなまあたたかい肉感は、早い波のように私からひいてしまい、水のひだの無数の微妙な触感の代りに、一筋の単調な水平線が私に海とは何かを教えるのだった。その向こうに何があるのか、私には分らなかったし、また、何があろうが同じだとも私には思えた……

（一九五九年）

33の質問

1 金、銀、鉄、アルミニウムのうち、もっとも好きなのは何ですか？

2 自信をもって扱える道具をひとつあげて下さい。

3 女の顔と乳房のどちらにより強くエロチシズムを感じますか？

4 アイウエオといろはの、どちらが好きですか？

5 いま一番自分に問うてみたい問は、どんな問ですか？

6 酔いざめの水以上に美味な酒を飲んだことがありますか？

7 前世があるとしたら、自分は何だったと思いますか？

8 草原、砂漠、岬、広場、洞窟、川岸、海辺、森、氷河、沼、村はずれ、島――どこが一番落着きそうですか？

9 白という言葉からの連想をいくつか話して下さいませんか？

10 好きな匂いを一つ二つあげて下さい。

11 もしできたら、「やさしさ」を定義してみて下さい。

12 一日が二十五時間だったら、余った一時間を何に使いますか？

13 現在の仕事以外に、以下の仕事のうちどれがもっとも自分に向いていると思いますか？ 指揮者、バーテンダー、表具師、テニスコーチ、殺し屋、乞食。

14 どんな状況の下で、もっとも強い恐怖を味わうと思いますか？

15 何故結婚したのですか？

16 きらいな諺（ことわざ）をひとつあげて下さい。

17 あなたにとって理想的な朝の様子を描写してみて下さい。

18 一脚の椅子があります。どんな椅子を想像しますか？ 形、材質、色、置かれた場所など。

19 目的地を決めずに旅に出るとしたら、東西南北、どちらの方角に向いそうですか？

20 子どもの頃から今までずっと身近に持っているものがあったらあげて下さい。

21 素足で歩くとしたら、以下のどの上がもっとも快いと思いますか？ 大理石、牧草地、毛皮、木の床、ぬかるみ、畳、砂浜。

22 あなたが一番犯しやすそうな罪は？

23 もし人を殺すとしたら、どんな手段を択びますか？

24 ヌーディストについてどう思いますか？
25 理想の献立の一例をあげて下さい。
26 大地震です。先ず何を持ち出しますか？
27 宇宙人から〈アダマペ　プサルネ　ヨリカ〉と問いかけられました。何と答えますか？
28 人間は宇宙空間へ出てゆくべきだと考えますか？
29 あなたの人生における最初の記憶について述べて下さい。
30 何のために、あるいは誰のためになら死ねますか？
31 最も深い感謝の念を、どういう形で表現しますか？
32 好きな笑い話をひとつ、披露して下さいませんか？
33 何故これらの質問に答えたのですか？

（『谷川俊太郎の33の質問』一九七五年八月）

校歌は変る——一実作者の感想

三好達治さんは、校歌の作詞をほとんどされなかった。されなかったその訳を、生前に一度だけうかがった記憶がある。自分のように無頼な生活をしている人間には、校歌なんて立派なものを作る資格はないというような意味のことを言われたのだが、口調はそういう口調ではなく、校歌なんか作ったら、君、きゅうくつでしようがないよ、とたしかそんなふうだったと憶えている。校歌にはつきものの徳目を、自分の言葉として書くことは三好さんにはできなかったし、もし仮にそんな言葉をつらねたとしたら、先ず誰よりも先に自分がその言葉通りに生きなければならないと、三好さんは感じておられたのだと思う。そうでなければ純真な（とそういう言葉を三好さんは使われなかったと思うが）子どもたちを裏切ることになる、そんな気持が三好さんにはあったようだ。

校歌の作詞を依頼されるたびに、私は三好さんを思い出す。けれど自分の書く言葉に対する三好さんのそのまっとうな責任のとりようを、鋭いとげのように感じながらも、私が校歌の作詞をひきうけるのは、私自身のけじめのなさもあるかもしれないが同時に、校歌というものに対する考えかたの違いもあるからだろうと思う。それは三好さんと私の間の考えかたの違いであるけれど、その違いはおそらく歌及び学校というものに対する世間一般の考えかたの変化をその背景としている。

校歌の作詞をひきうける時には、私はその学校をたずねて、先生がたや生徒たちと話しあうのを原則としているが、どうして校歌がほしいのかという私の問いに対する（特に小学校の）生徒からの平均的な答は、遠足の時などに観光バスに乗ると、バスガイドが道中いろんな歌を皆に合唱させるが、そのうちに、じゃあ次には君たちの学校の校歌を歌いましょうということに必ずなる、そんな時に校歌がないのは大変肩身がせまいというのである。生徒たちのそういう気持に、若い先生がたも素直に同調している。

だからどういう校歌がいいかという問いに対する答も、リズミカルで覚えやすい旋律、明るくて分りやすい歌詞というようなものが圧倒的だし、どんな機会に歌うのかと問うと、遠足、運動会、或いはうちにいても学校でと同じように気軽に口ずさめるものという答が上位を占め、ひとつの校歌をブラスバンド用のマーチや、コードネームをつけて、ギター伴奏のフォークソング風のものに編曲することを求められる場合もある。入学式、卒業式、何かの記念式典というような儀式的な機会に歌うことは二の次になり、昔の校歌には不可欠とされていた、重厚、荘重といったようなものはむしろ生徒たちにも、先生がたにもきらわれる。だが私が少々意地わるく、じゃあこの学校のコマーシャル・ソングみたいな歌を作ればいいのかと問うと、それでは困ると子どもたちは異口同音に言うのだ。

校歌に対してそのようなイメージをもっている生徒たち、そして特に若い先生がたの心の中にあるものは、おそらく何よりも先ずいい歌がほしいということであって、そのいい歌に関しては放送やレコードを通して日夜内外の歌に接し、自分でもギターのひとつは弾こうという彼等の耳は相当に肥えていると言っていい。身近に満ちあふれているいろいろな歌の文脈の中で校歌を考えてゆく、そういう考えかたは昔はなかっただろう。

昔の校歌、と言ってもいったいいつ頃からどういう考えかたで、校歌なるものが作られ歌われるようになったのかに関しては、私は全く不案内であるけれど、ともあれ明治時代に作られた校歌を見ると、それは歌であるというよりも一種の詠誦に近く、その内容は人を楽しく元気づけるものであるよりも、学校の、ひいては当時の国家の教育方針を拳拳服膺させるといった体のものであったように思われる。その学校の個性、校風を表すという考えかたもおそらくは相当あとになってから出てきたのであって、たとえば教科書が国定一本にしぼられたように、校歌も明治期の日本にあっては国論統一のひとつの道具として用いられたように思う。

学校の個性はむしろつとめて抑えられていたので、いきおい校歌も没個性的なきまり文句で書かれ、或る校歌を他の校歌と区別するのは、その学校の立地をめぐる山水の描写に限られるという、日本のいわゆる校歌なるものの類型が生れ、その類型は今もなお強力に残っている。

明治二十八年に制定されたK市の一小学校の校歌を一例としてあげる。東京帝国大学の教授によって作詞され、宮内省雅楽局雅楽師によって作曲されたこの校歌に、私は国歌〈君が代〉や、教訓歌〈金剛石も磨かずば〉に通ずるひとつの調子を聞きとることができると思う。

たてし心しかはらずば
石に立つ矢もありといふ
つとめはげみて大御代(おおみよ)の
名におふ民とうたはれむ

この校歌は昭和二十四年になって、字句の一部を修正された。〈大御代〉が〈ひろき世〉となり、〈名におふ民〉が〈まことの人〉に変えられたのである。こういう修正は、敗戦を境とした国家の教育方針の変更によって、国中のいくつもの学校で行われたことだろうと思う。

教科書にすみを塗ったのと同じく、そういう弥縫（びほう）を行わざるを得なかったところに、日本という国の負った苦しみの一端は正直に現れている。寺子屋が小学校に変った時、すでに日本の教育は大きく変った。それに比べれば敗戦後の学制改革といわゆる民主主義教育は、まだしも小さな変化と言えるかもしれないが、そのふたつの屈折点は互いに深く関りあっている。校歌という考えようによっては微細な視点から眺めても、日本の学校が一本の文化的伝統を背骨としてもち得なかったありさまはあきらかだ。

国家の意志を反映させた作詞は、政治体制が変れば修正されざるを得ない。しかし、学校は、そして教育は政治に関るよりも先に、一国の文化により深く関っているものであり、そこには政治体制の変化をつらぬいて、一貫したものがなければならない。校歌の字句の一部を修正するという苦肉の策は、一方では政治的変化に対応し、他方では文化の持続性を残し、学校の歴史を断絶させまいとする希望から生れたのだろうと私は想像する。

だがもちろんほころびはつくろいを上廻ってひろがっていた。政治体制だけでなく守るべき文化そのものが急速に変化しつづけ、それは日本語を変え、日本の音楽を変えていった。先にあげたK市の小学校は昭和四十八年になって、創立百年をきっかけとして、実質的には新しい校歌と言うべき〈讃歌〉を制作した。

きのうがきょうにいきている
きょうがあしたをつくってゆく
かぎりないときのながれのなかで
ちからいっぱいまなぶまいにち
……

八十年をへだてた日本語の変りようは、おそろしいほどである。古い校歌を廃して、新しい校歌を作ろうという動きは、私の知る限りでも二、三あり、その動機は例外なく生徒たちが歌詞を理解できなくなったというところにある。私たちの世代ですら、小学生の頃に校歌をまるでお経のように意味も判らず、何の感動もなく歌っていたのだから、無理もないだろう。今度は字句の一部を修正するだけではすまない。歌詞の面でも、音楽の面でも新しいスタイルが必要とされる。

校歌が変ったからと言って、学校自体が変ってしまうわけではないが、校歌のモデルチェンジは学校の、ひいては日本文化全体の内的な変化に対応していると見ていいだろう。意味も判らず、いやいやながら歌う校歌よりも、現代の子どもたちの気持や行動に即した新しい校歌のほうがいいにきまっているのだから、これは歓迎すべき動きと言えるし、校歌を作る手伝いをする詩人や作曲家の中には、（私自身を含めて）これまでの類型から脱した校歌のかたちを探ることに、或る使命感の如きものをもっている者もいる。新しい校歌はもちろん、全校あげての祝福を受けて、古い校歌にとって代る。だが、もっと長い眼で見ると、校歌を作りかえざるを得ないような社会は果して幸せな社会であるかどうか、疑問に思うことがある。そこにはどうしても、文化の断絶があると考えざるを得ぬからだ。

多くの校歌がいまだに文語体で書かれたままになっていることを攻撃する識者は少くない。子どもたちの立場から見れば、それは当然だろう。しかし、文語体の歌詞を古くさく、理解不能なものにしてしまった日本の近代をふり返ることのほうが、もっと大切なのではあるまいか。

校歌の修正を必要とする事態もまた、敗戦を境とした数年にあったにとどまらない。実は最近にも似たようなことがあったし、将来もないとは言えないのである。

日本のいわゆる高度成長期に新設された学校の校歌の中には、日本の高度工業化とそれに伴う経済成長を肯定的に歌い上げたものがあった。これは私自身にも覚えがある。今や公害で有名なY市に新設された高校の歌詞に、〈炎をあげるスタックが／限りない未来をてらす／夢はらむ高みのかなた／この空は宇宙へつづく〉というような一節を書いたのである。当時の私の意識の中で、炎を上げるスタックは、いわば新しい山水に化していた。私は知らず知らずのうちに、学校を国家に隷属させる手助けをしていたと言えるだろう。その点で、私は〈大御代〉を歌った明治の大学教授と変るところはなかった。

昭和四十六年二月十一日付の東京新聞は、〈青い空、青い海いずこ。現実離れの公害地区校歌〉という見出しの下に、川崎(かわさき)市内の学校の校歌の問題を特集している。

「――産業道路すぐ南側の四谷(よつや)小学校も大気汚染、騒音、振動と産業公害、交通公害などあらゆる公害のまっただなかにある。同校では、かつて運動会の歌を子供たちがよく歌っていた。

その一番の冒頭は〈雲をもしのぐ煙突は四谷の友の姿とて／伸びよ伸びよ空高く〉と、隣の鍛造工場の煙突は、子供たちの友だと、親しみをこめて歌っている。ところが、この工場が騒音、振動の元凶で、校舎の窓ガラスは一日中ビリビリ鳴り続けるという状態。子供の敵であっても友とはいえない。

このため、やはり正式の校歌がほしいということもあって、さる三十七年、当時同校校長だった詩人の中村泰明(なかむらやすあき)さんが新しく作詞して校歌を作った。この一番の前半は〈かがやく朝よ／生産のたくましき音／きのうに承(う)けて／耐えてつらぬくかたき意志〉となっている。中村さんは〈現実とかけはなれると子供にそっぽをむかれてしまう。現実の環境に対するけんお感は出せないので、とにかく明るく強く生きてほしいという願いをこめて書いた〉という。」

願いをこめる主体は、校歌の作者であるが、その作者がいったい何者なのかということが、少くとも何十年かは歌われつづけ、しかも歌う側に選択の余地のない校歌の場合には、他のジャンルの歌よりもはるかに厳しく問題になってくる。現実には作者は或る時は職業的な作詞家であり、或る時はその学校にゆかりのある知識階級の一人であり、また或る時はその学校の生徒や教師自身であるが、その作者は本来的にはアノニムな人間だと考えていいだろう。彼のすべきことは自己表現であるよりも、或る特別な小共同体の精神の表現であると言えるからだ。

多くの作者はそこで無難な美辞麗句へと逃げこみ、責任を回避しようと試みる。だがその時代において無難な字句が、十年もたたぬうちに有害（？）な字句に変ってしまうことは、すでに見た通りである。言いかえれば、自分の言葉ですらないと思っていた美辞麗句は、実はその時代の国家の言葉だったのであり、時にはあのあてにならない世論というものの幻のように頼りない口真似に過ぎなかったということになろうか。

作者が発見するのはいつの場合にも、その時代の大勢に押し流されている優柔不断な自分自身であり、あるべき学校のイメージもまた、作者と共にゆれ動く。私は自分自身の苦い反省にもとづいて、そう言うことができる。

新設校に新しく校歌を書く場合にも、事情は基本的に変らない。私の住んでいる東京の場合、いわゆるスプロールによる人口増加に追いつくべく、周辺部での新設が圧倒的に多い。大体において、校舎が完成し、体育館の建設のめどがついたあたりで、校歌を作る予算が計上される場合が多いようだが、そのような新設校のほとんどは、建売住宅や団地にとりかこまれ、わずかに残った武蔵野の緑にしがみついて、味気ない規格建築の姿をさらしている。学校の個性、校風などといったものは、少くとも目に見える形では存在していない。

　発想の手がかりにすることのできるものは、たとえば校長の教育観、児童観であり、先生がたの子どもにかける情熱であり、そしてこればかりは時代の変化を超えて不変だと思える生徒たちのエネルギーである。もしそこで紋切型でない或る感動がつかめれば、それを核として作詞をすすめることができるが、もちろんそれだけでは言葉は生れてこない。結果としてアノニムな存在になるべきであるからこそ、作者の学校とはどういうものであるべきかというイメージ、子どもたちの未来がどうあってほしいかという理想、また教育とは何かという論理が、作者が気づいているいないに関らず、そこで試される。まだ形を成していないその学校の個性、校風、そういうものが将来も果して存在する余地があるのかどうか、私は疑問に思わざるを得ないが、新設校にあっては校歌はそれらを不十分ながら或る面で決定してゆく働きをもたざるを得ないし、また作者はそういう責任を負ってもいると私は考えている。

　東京都の任意に択ばれた五十校の校歌資料を見る機会があったが、そのうちの三十四校までが〈富士〉という言葉を歌詞にもっていた。山麓の学校ならともかく、東京の学校で富士がいまだに何かを象徴することが可能だろうか。スモッグや高層建築にさえぎられて現実にそれが見えないということもあるが、外に向ってはフジヤマ、ゲイシャに代表される日本観の修正を叫びながら、実は私たち自身の学校と教育を考える考えかたの中に、依然として〈富士〉が残っているその心性を、どう説明すればいいのだろう。かつては神国の象徴であったものが、今は平和の象徴となっている。そんなことが可能なのか。

だが校歌をきれいごとから脱皮させようとする試みは決して容易ではない。古い象徴を脱ぎすてるそばから新しい象徴が顔を出す。

教室は宇宙船
どこへだってゆける
けやきのこずえに
つづくあおぞら
大きなゆめをもとう
西原(にしはら)のぼくとわたし

いくらかの好評をもって迎えられた、この私の書いた一節も、いつかは〈古くさく〉なってしまうだろう。私自身は人間の宇宙へと向う本能を肯定するが、地球上の無数の難問題の解決に先行する宇宙開発には、すでに批判が集中している。この校歌の歌詞の〈一部が修正〉される日が来ないとは言えない。

時にあやまちを犯しながら、私は校歌を書きつづけてきた。子どもの頃から学校ぎらいだった私には、自分の好きな学校をイメージするところに、むしろより良い校歌を作り得る可能性があると考えている。学校というものが時の体制から独立して、自由に存在し得るとは私は幻想しないし、そのことにこだわる余りに、一見不変に思える自然を歌っても、その自然自体を今日私たちは破滅させようとしている。校歌に山水を歌いこむのは、日本人の自然に根ざしていたと同時に、一種の逃避でもあったと思う。教育にとって必要な文化の持続性はもはや自然とのアナロジイで表現することはできない。

学校を歌うというよりも、むしろ生徒たち自身を歌うこと、人間を歌うこと、空疎な理想を追うよりも、むしろ現実の困難をみつめること、おそらくそういう方向に最良の解決のひとつがあるかもしれない。

まど・みちお作詞、金光威和雄作曲による次のような一節に、私は新鮮なものを感じる。新鮮であることが、校歌の必要条件だという事実に、或る不安を覚えながらも。

けんかをしたってともだちだ
あだなをつけてもせんせいだ
やっほー　やっほー
しょうがくせいだしゅっぱつだ
おとなへむかってあしたへむかって
やっほー

ひと昔前の校歌にはつきものだった校名の連呼も、ここでは当然のように省かれている。校歌に個性を与えるものは、校名ではないということに、作者も生徒たちも教師も気づいている。だが、すぐれた歌詞がそれだけで学校の個性をつくるわけではない。学校を形成する、教える者と学ぶ者の関係は、そのまま過去と未来の関係だと言えるだろう。

歌われ始めるその瞬間から校歌は作者の手を離れ、その校歌を生きた歌にするのは、ひとつの共同体である生徒と教師のつくる歴史そのものだと思う。

広辞苑によれば、校歌とは〈学校が校風を発揚するため、特に制定した歌〉であるという。その校風は、たとえば私立の大学にあっては比較的自由に確立されているようだが、たとえば公立の小学校においても、それが可能だろうか。

画一的な学校をつくるのは、国家による統制ばかりではない。いわゆる大衆化社会に生きる私たち自身の意識もまた、学校の個性を抑圧する方向へ向う。〈新しい〉校歌にもしいささかの意味があるとしたら、それはそのような抑圧から私たち自身を少しでも解放する方向に向うべきだろう。

（「世界」一九七四年十一月号）

困難と楽しみ

「現在、〈作品〉を創造する過程には、〈作品とはなにか〉という思考過程が同時に進行している（せざるを得ない）という状況があろうと思われます。この二重の過程は、〈作品〉をまさに〈作品〉として提示する、その提示の仕方として現象するだろうと考えられます。」という山村エディターの指摘は、腑に落ちる。その〈二重の過程〉をいろんな時代のいろんな言語圏で、それぞれの〈現在〉において問題にしてきた書き手は多いだろうと思う。詩を定義するものは詩しかないというような言いかたにも、それは表れている。

でもね、詩（ポエジー）というこの漠としているようでいて、確たる存在感のある何ものかについての、一種の保守的だけれど広汎な無言のうちの合意もまた、現代日本をも含めて各時代の各言語圏に生きる人々のうちに保たれていて、その合意の上にのっかって書く場合には殊更に〈作品とはなにか〉を問わずにも書けるし、またその合意を全く無視して書くことができるかどうかにも、疑問は残る。これはそれぞれの書き手によって、微妙に意識の分れるところだな。一口に現代詩の書き手と言っても、その合意（伝統と言いかえてもいいかもしれない）とのかかわりかたによって、保守派から前衛派までいろいろにちがってくる。

作品とはなにか、詩とはなにかを全く問わずに書ける人もいるようにぼくは思うけれど、その場合にも、合意と一体化して書ける人と、自分なりの答を或る時点でつかんでしまって、つまり自分の語り口を発見して、それを変えようとしない人の二種類に分けることができるんじゃないかな。前者はあきらかに保守的だけど、後者は保守、前衛の別を問わない。つまり作品とはなにかを問いつつ書く固定的な方法に固執すると、それはもう作品とはなにかを問うことにならないという、矛盾した構造が作品には内在しているんじゃないかと、ぼくは考えてるらしい。

まあ、むしろそこにいまのぼくの問題があると言ったほうがいいかな。簡単に言ってしまうと、ひとつの語り口を守って、それを成熟させてゆくことが、ぼくにとっては大変困難だということ。それは同時に、現代日本における詩とはなにかという無言の合意の不安定さを示しているとぼくには見えるんだけど。この問題はすでに北原白秋においては空間的な位相で、萩原朔太郎においては時間的な位相で表れているとぼくは思います。空間的にはいろんな種類の語り口で、いろんなメディアに書く、時間的には作品そのものを変化させてゆく、そういう形でしか書きつづけることができないのではないか、あるいは逆に、そんな形で書きつづけることができるのか。

『定義』と『夜中に台所でぼくはきみに話しかけたかった』という二冊の本を同時に出版したとき、予期したように大方の読者はそのふたつのどちらかをとるというふうに反応した。それはもちろん自然な反応だったけど、作者としてはあの二冊を一種のセットとして提出したつもりだった、そうせざるを得なかったところに、現代詩の問題があると自覚してたんだな。見かけのちがうわりには、中味は似てたかもしれないけど、少くとも或る時期ぼくがふたつの書きかたを併行して用いてたってことね、そんなことが許されるのかしらって不安があった。二冊同時に出したって行為も、作品という〈現象〉に含めていて、それは一種の問題提起だったんだ。

語り口を発見することで、作品は書き始めることができるわけだけど、ぼくは昔から自分の語り口にすぐに飽きるという悪い癖があってね、ここ数年それがますますひどくなってきてる。或るひとつのやりかたで書きつづけてるとやがて頭の中に、ベートーベンの第九のシラーの詩の一節が鳴りひびくようになるんだ。「友よ、この調べでもない」ってね。そのこっけいな衝動がむしろぼくの書く原動力になっていて、我ながら少々病的だと思うこともあるけれど、もしかするとそれは過去において芸術のいろいろな分野で、新しい様式への変遷をうながしたエネルギーと、同じものかもしれないと思いもする。

困るのはそのぼくの個人的な衝動によって生まれる新しい（少くともぼくにとっては）語り口が、個人的なものにとどまっていて、ちっとも新しい形式にも、様式にも育っていきそうもないということね。まあ育つにしたってぼくの死んでからの話だろうから、じれるのも愚かな話だけど、とにかく個から全体への通路がみつからないということが、ぼくを絶えず自分の語り口に飽きさせ、作品を成熟させないんじゃないか。自分じゃちっとも実験的だなんて思ってないのに、ぼくの作品は実験的に見えてしまう。〈方法〉とも〈作法〉とも呼べずに、ぼくが〈語り口〉と言うのは、それがまさに語り口でしかないように思えるからだ。じゃあいったいぼくは何を語ってるんだろう？　分らないな。

山村エディターが〈作品とはなにか〉と言って、〈詩とはなにか〉と言っていないところにも含みがあるね。詩であるかないかはむしろ問題じゃない、書くことで生きつづけられるかどうかが問題なんだな。〈作品〉が〈現象〉に他ならず、常に〈過程的〉たらざるを得ないという言いかたも、ぼくには納得がいく。自分に即して言えば、絵本とはなにか、歌の歌詞とはなにか、記録映画の脚本とはなにか、エセイとはなにか……そういう多様なメディアを通して、書くこととはなにかを考えていると言える。それはいわゆる〈詩的〉であることとなんの関係もないけれど、書くことのうちには常に詩がかくされている、言語にはその発生の当初から〈詩〉がくみこまれている、そういう意味では、どんなメディアで書こうが詩から逃れるのは難しい。

カット一本槍（いっぽんやり）で守れる人はカットで守りゃいい、ドライヴ一本槍で攻められる人はドライヴで攻めりゃいい、ぼくは及ばずながらオール・ラウンド・プレイヤーでいくよ、どうせプレイするんならそのほうが楽しい、という開き直りがぼくにはある。この楽しいってことは、書くほうにとっても読むほうにとっても、意外にどんづまりにある値うちなんじゃないかしら。ただその楽しさが、今の日本文化の中ではどうしても消費に流れて風俗化するのね。このあいだ、金芝河（キムジハ）の裁判記録を読んでいたら、彼が時々法廷を爆笑させるような発言をするんだ。彼が置かれている状況を考えると、これは全く驚くべきことだな。楽しむってことにひとつの値うちを求めたところで、問題が単純になるわけじゃない。

（「現代詩手帖」一九七七年三月号）

絵本と私

子どものころあたえられた絵本の中で、私の記憶に残っているものは、ほとんどない。昭和三年に岩波書店から出た、野上彌生子（のがみやえこ）編『小さき生きもの』という本を、一種の感傷から今も私は手元に置いているが、おそらく原本は米国のものだろう、子どもにこびたところのない独特の文体をもっていて、これは絵本のジャンルから少々はずれている。あとは私たち世代にはおきまりの「キンダーブック」だが、その中で印象に残ったのは、自動車を主題にした一冊で、ナッシュとかパッカードとかの今はない車名を、なつかしく思い出す。子どものころから私は車好きで、タクシーの運転手から外車のカタログをもらったりしていたから、そういう名前はすでによく知っていて、絵本のくせに車名や車の形を比較的正確に扱っていたのが、気に入っていたのだ。

乱暴な分類だが、絵本を仮に絵入り物語的なものと、図鑑的なものにわけることができるとすると、私の好みはどうやら後者に傾いていた。私はひとりっ子だったが、夢見がちな子どもではなく、どちらかというと、自動車の玩具（おもちゃ）とか模型飛行機とかの形あるものをいじることを好んだ。こういう性格は今でもつづいていて、私はいわゆる物語絵本をつくるのは得手ではないし、興味も余りない。

受けとる側の人間としてではなく、つくる側の人間として絵本というジャンルを意識するようになったのは、レオ・レオニの有名な『リトル・ブルー・アンド・リトル・イエロウ』（邦訳『あおくんときいろちゃん』至光社）を見たころからだと思う。これは単純なテキストをもつ一種の物語絵本だが、青と黄の色が仲良くなって緑になるという発想に、お話にさしえをつけるのでもなく、絵に説明をつけるのでもない、絵本というひとつの独立したジャンルの可能性を感じた。こういうものなら、自分にもできそうだし、やってみたいと私は思った。

それと並行して、エドワード・スタイケンの〈人間家族〉写真展をひとつの焦点として、私は写真に興味をもち、同時にテレビや記録映画の脚本を書くことを通して、広い意味での映像というものに、言語とはまた異った独自のはたらきのあることに気づき始めていた。絵本を児童文学や教科書の亜種と考えるよりは、映像によるコミュニケーションの一ジャンルと考えようとする傾向は、徐々に私の中で形をなしていった。

これは絵本における言語の役割を軽視するということではない。絵本においては、画家（ないしは写真家）が主役を演ずると考えることでもない。絵本をつくる上で、もっとも大切なことは、コンセプト（発想）だということ、そしてそのコンセプトをイメージと言語の双方によって、いかに紙面に実現するかということであって、それをするのは画家であっても、作家であってもかまわないし、その二人が同一人物であってもかまわないが、イメージと言語のふたつは互いに互いを説明することなく、補いあってひとつの世界をつくらねばならないと私は思う。

コンセプトという言葉があいまい過ぎるならば、物の見かたと言いかえることもできる。私たちをつくっているこの時代のこの現実をどういう切断面でとらえるか、その切りかたと言ってもいい。それは言語のみでは、またイメージのみではとらえきれぬものを、より総合的にとらえようとするひとつの方法であって、そこには当然教育的な機能も生まれるだろうが、少くとも私にとっては、それは第一義的なものではなく、見かた、とらえかたの新鮮さ、面白さによって、絵本はまず芸術の一形態だろうと思える。

相手が子どもだということは、表現の上で考慮にいれる必要はあるが、読者を子どもに限定する必然性はないし、自分に面白くないものを子どものためにつくるなどという芸当は私にはできない。私の経験によれば、絵本をつくることは、コンセプトのイメージ化と言語化の過程において、またページからページへのモンタージュの方法において、映画のシナリオを書く作業にもっともよく似ている。

だがこれは一実作者としての私の方法論にすぎない。絵本の世界は予想以上に広く深い。たとえば劇作家イオネスコによる三冊の絵本（邦訳『ストーリーナンバー１〜４』角川書店）は、まさにイオネスコの世界そのものと言っていい独特な作品である。私も自分の書く詩の世界と絵本の世界が連続したものだと強く感じている。現在ではほとんどが娯楽的ないしは教育的商品である絵本に、そういう流通のサイクルを離れて自立する力をもたせたいと私は思う。どんどん豪華に、そして高価になってゆく絵本を見ていると、私にはそれが絵本本来の姿とは思えぬことが多いのだ。

（「朝日新聞」一九七四年十一月三日）

「二十億光年の孤独」

「二十億光年の孤独」を書いたのは、手元にある当時のノートブックを見ると一九五〇年五月一日である。二十億光年は当時の私の知識の範囲内での、宇宙の直径を意味している。特に天文学に興味をもっていたわけではないが、ひとりっ子で恵まれた環境に育った十九歳の私は、まだ人間関係の中での孤独を知らず、むしろ無限といっていい宇宙の中に投げ出された一有機体としての自分を、さみしさとか、ひとりぼっちとかの感情をあまり伴わずに、孤独と規定していたようだ。

〈宇宙はひずんでいる〉とか〈宇宙はどんどん膨らんでゆく〉とかの知識も、初歩的な天文学の本から得たもので、通常の感覚ではとらえようのないそうした抽象的宇宙像が、孤独や不安などの人間の精神状態に具体的に直結しているのは、比喩でもてらいでもない、当時の私の実感だった。つまり私には社会の中の人間というものがほとんど念頭になかった。そのくせ一方で私は当時の日本、ひいては世界の動きに、大きな影響を受けていたと思う。孤独も、不安も、もとめ合うことも、いま思うと宇宙的な感覚であると同時に、社会的な感情でもあった。とすると火星人というのは、何だったのだろう。まさか実在を信じていたわけでもないから、〈ネリリし キルルし ハララして〉という火星語(?)を見てもわかるように、これはユーモアといってもいい。
「二十億光年の孤独」という、見かたによっては大げさな題そのものが、大げさ過ぎるが故にある軽みをもっていると思う。(英訳された時に何度かこんぐらかった。米国では十億はビリオン、英国ではサウザンミリオンになる)題名の軽みは、そのまま最終行の〈くしゃみ〉に呼応しているようだ。これを一種のオチと見る人もいるが、自分ではそうは思いたくない。当時の私はそれほどすれてはいなかったはずだ。

(『中学校 現代の国語』指導書 一九七四年)

子どもの〈詩〉

特にすぐれた指導者をもたなくとも幼い子どもが時折詩と呼ぶしかないような短い言葉を発することがある。それらの中には長い経験と、意識された方法をもつおとなのいわゆる詩人たちの書くものと区別することが難しいものもある。だからそれらを詩と呼んでちっともかまわないのだが、それでもなお違いは残る。その違いとはいったいなんだろうか？

宮沢賢治(みやざわけんじ)はその「農民芸術概論綱要」の中で、〈無意識即から溢(あふ)れるものでなければ多く無力か詐偽である〉と書いている。この言葉は詩においておそらく最もよくあてはまる。無意識即の言葉は説明の言語、解釈の言語から遠く隔たっていて、世界を部分に分割せず、全体へと統合する。子どもの言葉が時に詩的な力をもつのは、それらがまだ多くの語彙をもたない未分化な言葉だからではないだろうか？

理性的な説明や解釈の能力をもたないことが言葉にある呪術的な力をもたらすのは子

どもに限らない、過去のいわゆる未開民族の口承文芸の中にも私たちは共通なものを感じとる。例えば現代の科学は私たちの生きる宇宙についてつぎつぎに新しい認識を与えてくれるが、しかもなお巨大な亀の背に支えられた世界のイメージは、科学的な真偽を超えて私たちの魂に訴えかける。

そのようなイメージは暗喩として意味をもつ、子どもの〈詩〉もそれに似ている。そして私たちが睡眠中に見る夢もまたそれを言語化すれば、同じ次元で考えることができるだろう。文学作品としての詩は、しかしそれらと同じところに根を下ろしながら、表現としてはより意識的でありかつ洗練されている。しかもその扱う世界ははるかに大きく複雑だ。無意識即でありながら、その無意識に成熟したおとなのあらゆる経験と知識と思考が影を落としていなければならない。

俳句という短詩型を伝統として今に伝えるわれわれ日本人は、片言隻句のうちにも詩を感じとるすぐれた感性をもっているから、子どもの何気ない一言にも素直に感動できる。だが複雑な同時代の世界をひとつの全体としてつかもうとする現代詩は、よかれあしかれ七五調から逸脱し、俳句・短歌などの短詩型にもすでに満足できない。子どもの〈詩〉は熟考されたものではなくむしろ偶発的なものであるという点で、また現代社会のかかえるさまざまな問題を扱えるだけの容量をもたないという点で、詩の魅力的な一部ではあってもそのすべてではあり得ないのは当然だろう。

子どもに詩を書かせようという教育面での試みも、並行して正確で簡潔な散文を書く訓練をしなければ片手落ちになる。しかも詩をもっぱら自己表現としてのみとらえれば、詩の富のなかばを失うことになる。詩のもつ韻文性すなわち言葉の音の豊かさと、詩の形式すなわち言葉の姿かたちに対する子どもの感性をないがしろにすることになるからだ。

詩に到るためにはおとなは時に内なる子どもをみつめなければならない。抑圧され、管理され、虚飾にみちたおとなの仮面をみずから剝ぎとる勇気をもたねばならない。言葉がそれを可能にしてくれるのだが、同時に言葉はそれを妨げもする。愛においても恐怖においても、また欲望においても快楽においても、おとなよりはるかに直接に世界と向きあっている子どもは、おとなにとって常にひとつの無垢な指針となりつづけるだろうが、それに甘えることはかえって子どもを見失わせる。

いわゆる児童むけの詩の多くにある詩情はおとな自身の子ども時代への郷愁に支えられていて、それらは子どもの現実をあきらかにするよりはむしろ隠蔽する。子どもの恐るべき無意識の世界へ降りてゆくためには、信じられぬほどのエネルギーが必要だということは、いわゆる非行問題ひとつとっても自明なのに。

（「ＪＢＢＹ会報」一九八四年四月）

どこに?

自分が子どもだったころのことをふり返ってみると、行分けされ印刷された詩作品にはほとんど興味をひかれなかったことを思い出します。それじゃあ、いわゆるポエジーとしての詩と無縁だったかと言うとそうではなく、たとえばプリズムによって分解された陽光の色や、自作の模型飛行機が空へ昇ってゆくときの嬉しさや、アンデルセンの童話や、無意識に口にしていたわらべうたなどに、自分ではそうと気づかずに、詩を感じていたと思えるふしもある。そんな感情をいざ綴方(つづりかた)の時間に詩に書いてみろと言われて、どうもうまくいかないで困ったものだけど。

詩について語るときに、詩とは何かということから始めるのが、しばしば不毛な結果に終るのはぼくも経験上よく知っています。子どもの詩の場合も事情は同じだろうと思うな。それよりも、今の日本の子どもたちのあいだで、広義の詩的なるものが、どんなふうに存在し機能しているかを考えるほうが、まだましなんじゃないか。話をそこまでひろげることが許されるなら、今の子どもたちは、フォークソングや、劇画や、テレビのコマーシャルや、昔に比べるとずっと自由になったよその土地への旅行や、そんないろいろなものの中に、意外に豊かに詩を味わっているんじゃないかとも思える。

今の日本の社会をどう見るかということは、これまたいろいろ意見の分れるところだろうけれど、大勢としてはわれわれはまだ高度成長のほてりの中にいて、金もうけが目的だとは言わぬまでも、一応の物質的安定がひとつの生きる上での目途になっている、そこに向かって親たちは子どもを駆り立ててる面があると思う。不合理なものを切り捨ててゆく合理の世界、ノンセンスを軽視するセンスの世界、無用より有用をたっとぶ世界とこれを見ても、たいして間違ってはいない。

若い人たちのあいだでたとえば、オカルトやら星占いやらブラックホールやらがはやるのは、いわば意識に対する無意識の自己主張というような意味あいがあるだろうし、かわいらしいルーム・アクセサリーや、〈ベルばら〉や、古都やら外国への旅や、いわゆるアンティークなどのはやるのも、実利主義に対するロマンティックなものの補償作用という面がある。そういう心の動きは、大きく見るとみな詩的なものへの欲求と見ることができるんじゃないかしら。

詩へと向かっているそういうエネルギーは、当然子どもたちの間にも生まれつつあると考えるのが自然なんだけど、そのエネルギーをすべて雑誌や本に印刷された詩作品がひきうけられるとは思えない。詩作品に代る、詩的なものが大量生産され、大量販売されてる時代というふうにぼくには今の日本が見えているからです。印刷された詩作品を、広義の詩のささやかな一部分と考えるところから、新しい詩への期待も生まれ得るんじゃないか。

とすると、この曖昧模糊とした詩的ムードに対する詩作品による抗議あるいは修正という一面も当然出てくるかもしれない。そこまで強い詩作品があるのかないのかはまた別の話だけれど、そうなるとどうしても日本語の問題に、教育ということを含めてぶつかることになる。それに関してひとつだけ大ざっぱに言わせてもらうと、意味あるいは情感の詩に対する、言葉のひびき、かたちの詩が今は少なすぎるんじゃないかということがいえる。

散文が言葉の正確さをめざすものだとすれば、詩は言葉の楽しみをめざすものだとぼくは考えていて、そのことには古いも新しいもない。たとえば黙読から暗誦へと帰るのは、決して反動ではないはずだし、詩の言葉の多義性を知るためには、正確な、嘘のない散文の、意味というより文体を感ずる力を養わねばならないだろう。新しい詩は創られもするが、よみがえりもすると、ぼくは思ってます。

（「日本児童文学」一九七六年五月号）

詩・こんな書きかたもある——小学生へ

先生に詩を書きなさいって言われて、困ったことない？　ぼくは小学生のころ、すごく困った。なに書いていいか、わからないんだよね。俳句なら五・七・五ってかぞえて、ことばをむすびつければ、なんとかそれらしいのができるんだけど、自由に感じたままを書いていいなんて言われると、とたんにことばがでてこなくなっちゃう。

そんなときどうすればいいか、いくつかやりかたを教えてあげよう。そのときあなたがいちばん好きなもの、好きなひとのことを書くというてがひとつある。どうして好きかなんて書かなくたっていいんだよ。好きな気もちがどんなか書くのさ。なにも詩らしくなくたっていい。ひみつのラブレター書くみたいでもいいんだ。好きなひとが、マンガの主人公なんてのもおもしろいと思う。

それからはんたいに、いちばんいやなもの、きらいなひとのことを書くてもある。つまり悪口さ。でもバカヤロとかブタとか、そんな誰でも言うような悪口じゃつまらないな。読むひとが思わず笑っちゃうような、ぴったりの悪口を書かなきゃ。だからいじわるな気もちで書くんじゃなく、悪口をいろいろくふうして、楽しむんだ。うんと大げさな悪口もいいな。

英語で〈アクロスティック〉という、詩の書きかたがある。

たいくつしちゃって
かりんとたべて
しくしくむしばがいたみます

いちばん上の字を右から読むと〈たかし〉って名まえがあるだろ。こんなふうに、先にだれかの名まえとか、言いたいことをきめて、その字で始まることばをならべてつくっていくのもおもしろい。こういうときは、じぶんの気もちを書くんじゃなくて、読むひとが楽しんでくれそうなことを、じぶんの心の中でおもいえがいて書くんだ。それはうそでもちっともかまわない。

詩をひとりで書くんじゃなくて、友だちどうしで書くというてもあるな。まずだれかがなにかを一行書く、たとえば〈さくらの花がちっています〉でもいいや、それに次のひとがちがう一行をくっつけるんだ。前の一行から思いついたことならなんでもいいのさ。たとえば〈犬がおしっこしています〉とか、するともうひとりが〈ふとんほしてるお母さん〉なんてね、ちょっと絵でもかいてるような感じだね。

まあほかにもいろんなてがあるけどね。とにかくあんまりじぶんの気もちにこだわらなくてもいいんだし、詩の中ではどんなほらをふいてもいい、ことばをつかって自分もひとも楽しめるくふうをしてみたらどうかと思うんだ。詩だからといって、かっこつけることはないのさ。なぞなぞだって、しりとりだって詩のいっしゅなんだから。

（『小学学習教科事典2』一九八四年）

詩人問答

1

——きみは巷でふつう詩人と呼ばれているらしいけれど、詩人というのは職業と言っていいのかね。

＊たとえば旅館なんかに泊るとき、ぼくは著述業と書くね、詩人とは書けない。税金の申告のときは文筆業かな、パスポートは多分ライターとなっていて、これもポエットではないと思う。

——それは自分の意志で、そうしているの？

＊なかばは自分の意志、なかばは世間の慣習というところだろうか。つまり自分の内にも、世間の人々の間でも、詩人は職業ではないという一種の暗黙の了解のようなものがあるという感じだな。

——でも、いわゆる肩書というのかな、日本では文章などを書いたときにも、筆者の名前に何かしら肩書をつけないとおさまらないということがあるね、そういうときにはやはり詩人ということになるんだろう？

＊　好むと好まざるとにかかわらず、そうなるようだな。肩書は詩人でいいですかと、念を押されることがあって、こっちの気持としては、自分でそういう肩書をつけるのには抵抗があるから、なにかもっとうまい名前はないものかと考えるんだが、みつからない。

——どうして著述業や文筆業ではいけないんだ？

＊　あまりに身も蓋もないというか、肩書というのは、肩章などとおなじで、少しはその人を飾るものでなくてはいけないんだろうな。百姓が農民になったり、女中がお手伝いさんになったりするようなもので、著述業も作家とか詩人とかになったほうが、多少ともえらそうに見えるのかね。日本人にはもともと、そのものずばりということを避ける一種の繊細さもあるし。

——そうすると、詩人という呼名にはそう呼ばれた人のイメージを高めるような何かがあるのかな。

＊　それには両面あると思うよ、いかがわしい感じと、どこか神秘的な高貴な感じと。詩集一冊出したことのない無名の若者が自分は詩人だと言えば、多少嘲笑されるのがおちだろうが、収入は大学教師の職で得ていても、詩を書いていれば大学教授と呼ばれる

より、詩人と呼ばれるほうが、恰好がいいと考える人もいるだろう。詩人ということばの、そういう矛盾した内容は両方とも真実だとぼくは思う。

──きみは自己紹介するとき、自分の職業をなんと言うの？　詩人ですと言うのか？

＊自分で自分を詩人と呼ぶことには、どうしても抵抗があるね。だからたいてい、詩を書いてますというような言いかたになる。本当はそれでもまだこだわりは残る。自分の書いているものが、詩になってるのかどうかも疑わしいから。

──すると、詩を書いていればすなわち詩人ということにはならないんだね。

＊いや、本当に詩の名前に値するものが書けていれば詩人といっていいと思うよ、だが、詩ということばは、単に文芸の一形式を指すだけじゃないからね、そこには価値判断が含まれてるんだ。たとえば、あの絵には詩があるとか、あんな詩は詩じゃないというふうにわれわれは詩ということばを使う。だから自分で自分の書くものを詩だと断言するのは、一種のうぬぼれになってしまうのさ。詩人を自称するのもおなじだな。

2

──だがたとえば、雑誌社などから原稿を依頼されるときには、詩を一篇お願いしますというふうに言われるんだろ、それをひき受けて書くからには、これは詩であるかどうか分りませんとは言えないんじゃないか。原稿料をもらう以上、それはひとつの商取引であり、詩もまたその場合には商品となっている。それに伴う責任というものがあるんじゃないのか。

＊　たしかにそう言わざるを得ない面がある。ぼくは一時期、あえて詩人を僭称すべきだと考えたことがあった。詩人という存在を、技術者や販売業者と同列において考えようとしたんだな。そういうかたちで、現代社会における詩というものの位置、詩人というものの存在意義をとらえるのも、一面では必要だと思うのはいまも変らない。

——しかしまた、それだけで詩や詩人はとらえきれない……。

＊　そう思う。世間の人々は、詩なんてものはなんらの金銭的価値ももっていないくだらんものと見るか、でなければ金銭などで計ることのできない高貴なものと見るか、そのどっちかだな。もっとも近ごろでは、広告のコピーに使われる詩というものもあるし、著作権というものも確立されているから、いったん世間に公認された詩人や詩作品には、なんとなくそれにふさわしいような値段がついているように見えることはあるがね。でも少くとも、詩には定価なんてものもないし、投売りということもないだろう。

——稿料はいったいどうやって決めるんだ？

＊　千変万化だな。いくらでなきゃ困ると言いたくとも、算定の基準は何もないし、だいたい万人の共有物たる只のことばが材料で、おまけにその加工をするにしたって、鉛筆一本と紙一枚ですんじまうんだから、結局、それを書く人間が、社会でどう評価さ

れているかによるけれども、それでもない袖はふれないから、同人雑誌などに書けば稿料はもらえないと思ったほうがいい。同じ詩に、PR誌などは一〇万円なんて値段をつけることもあるが、だから詩ってものは、本来やっぱり只なんだろうな。

——詩だけ書いて、食っていくことはできるのかい？

＊無理だね、流行歌の作詞家になると話はちがってくるけれど、笑い話だが、画家、作曲家、作詞家、作家は家が建つ、詩人は家が建たないと言うよ。

3

——でも詩人にもアマとプロがいるって話も聞くけど。

＊ぼくはその区別はないと思ってる。原稿料とれるのがプロ、とれないのがアマって分けるにしたところで、必ずしもすぐれた詩が金になるわけじゃないしね。プロ、アマを分ける技術的水準なんてものも、あるのかないのかはなはだ漠としている。むしろ、プロ、アマなどと言い出すと、詩をせまい商品市場に閉じこめることになりかねないな。その時代のその社会のより多数の読者の好みに合う詩を書くということだけで、詩人の評価はできないんじゃないか。詩人てのは元来非実用の世界に住んでいるんだから、それを実用の世界に組みこもうとしても、どうしてもどこかに余りが出てくるだろうね。その余りが詩の楽しさであり、詩のおそろしさなんじゃないかね。

——詩集は近ごろよく売れるそうじゃないか。

＊　衣食足って詩を知る……か。広い意味での詩的なものが好まれてるな。アクセサリーとか、コマーシャル・フィルムみたいなものまで含めてね。でも、詩は、詩的なものとは相容れない面もあるからね。詩集という本はあきらかに商品だが、それはいれものであってね、その中心にある詩には値段もないし、もっととらえどころのない自由な感じがあるな。

——おもしろいことを教えようか、『職業辞典』にはね、「文芸作家」という項目があって、〈小説、戯曲、詩等を創作し、単行本として刊行したり、雑誌、新聞に発表する〉と定義されてるんだが、その分類には、作詞家、作家、児童文芸作家、小説家、著述業はあって、詩人はないんだ。

＊　なるほど、じゃ詩を書いて原稿料をもらうと、職業としては詐欺師ということになるかな。

——いや、それも『職業辞典』には、のっていないぞ。

（「職研」一九七九年冬）

マザー・グース　訳者の一人として

いわゆるマザー・グースのブームなる現象に関しては、ぼくは一貫してそれがブッキッシュなものであるという印象を受けてます。ブームと呼ばれることの内容は、単純に要約すると、月刊誌などにおける紹介、評論の多いこと、数種類の日本語訳の単行本の売行がよいこと、歌および朗読のレコードが数社から発売されたことなどにつきると思うんです。ブームという言葉には、どこかいかがわしさがまとわりついていて、なにか不自然なこと、異常なこと、商業主義的なことと思われがちで、マザー・グースの場合もたしかにそういう側面がありますが、またどんなに腕ききの商売人が画策しても、受け手の側に潜在的な欲求がなければ、ブームは起り得ない。ブームは観念ではなく、ひとつの現実だということは言えるんじゃないかな。

受け手の側の自分でも意識化し得ていない欲求がブームをつくるのだとすれば、それを分析するのは容易じゃないし、またいくら分析したって分析しきれぬものは残るでしょう。何故ブームになったかという、その何故を考えるだけでは足りなくて、いかなるブームかという、ブームの内容を検討することも必要だと思う。

英米人宣教師や教師による、遊びや身ぶりを伴ったマザー・グースのトータルな輸入は、ごく限られたものと考えざるを得ませんね。夢二（ゆめじ）、白秋のむかしから、近年のブームに至るまでマザー・グースはもっぱら印刷媒体を通じて輸入されてきている。ぼく自身その片棒をかついだわけだから、それを批判するわけにはいかないし、地球上の多様な文化に可能な限り目を開くのはよいことだという観点から見れば、そういう輸入のされかたにももちろんプラス面はあります。だけど印刷され、美しい絵本にパッケージされたマザー・グースは、決してトータルなマザー・グースじゃないってことにも、気づいていたいんだな。

じゃ、歌ったり、朗読したりしてるレコードによるオーラルな伝達が加われば、それでいいかって言うと、それでも十分じゃない。そういう形で提示されるマザー・グースもまた、一種の根なし草であることに変りないと思うんだ。歴史的存在であるマザー・グースが生きて働いている現場、どうにかしてそれをとらえなければ駄目なんじゃないか、ブームなんて言われれば言われるほど、ぼくはそんな一種の焦燥にとらわれるようになってます。

だけど現実にマザー・グースの現場なんてものが、遠く離れた島国に住むわれわれにとらえられるもんでしょうかね。日本語との類比で言うと、たとえば「いないいない、ばぁ」とか「ちょちちょち、あばば」とか、「あーがりめ、さーがりめ、くるりとまわって、ねーこのめ」とか、人間の言語習得のもっとも基本的な段階まで、ナーサリ・ライムスというものは含んでいるわけでしょ。英米人の大部分にとっては、マザー・グースはいわば母国語の毛根の下りている土壌みたいなものなんじゃないかしら。それらが、印刷され、詩として自覚されるのは、ずっとあとになってからだろうと思うんです。

われわれはそのすじみちを、逆にたどらなけりゃならないことになる。言ってみれば、マザー・グースというひとつの観念からその現実へと想像力を働かせてゆくよりない。考えてみるとこういうすじみちは、われわれが西欧文化の輸入にあたって、明治以来数限りなくくり返してきたすじみちなんだな。本だけよりはレコードが加わったほうがいい、それにヴィデオ・テープが加わって、遊びかたが一目で分るようになればなおいい、ネイティヴ・スピーカーが原語でリサイトしてくれて遊びの相手を実地につとめてくれたらもっといい——そうして、われわれは無限にマザー・グースに近づけるけれども、それをほんとうに我がものにすることは不可能だ。

おそらく、そういうあきらめとへり下りなしでは、言語を異にする民族の文化を理解することはできないでしょう。そして、そんなにまでしてそれを理解し、受容することの意味は、自分たちの文化との比較を通して、ふたつの文化のあいだの差異に対して相対的な眼を養うこと、そこにしかないんじゃないかしら。そうすることで、ふたつの文化の底に流れる、人間にとって普遍的なものもとらえられるんだと思います。印刷術は偉大な発明だし、先ずブッキッシュであるより他、われわれにとって他の文化に接する道はないと知りながら、ぼくがあえてこの〈ブーム〉をブッキッシュという言葉で省みるのは、文化間の交流をこれからはもっといきいきと具体的にすることのできるだけの技術を今世紀の人間はもち得ていると思うからなんです。

（「日本児童文学別冊」一九七六年十一月）

ことばあそびをめぐって

――〈ことばあそび〉って、いったいどういうもののことをいうんですか。

＊言語は大変複雑な構造をもっていて、簡単にわりきることはできないんですが、かりにそれを実用的なことばと非実用的なことばという軸で分けてみるとすると、たとえば法律の条文、商売のほうの契約書、自然科学の論文、新聞記事、器具の説明書など、ふだんの生活の中で耳にしたり目にふれたりすることばの多くは、いわば実用的なことばですね、私たちの日常会話の大部分も、そうだといえる。だけどたとえば、そういう日常会話の中ででも、ちょっとした冗談を言って人を笑わせたり、その場の雰囲気をやわらげたりということもあるでしょ。

そういう冗談はべつに実のあることを伝えてるわけじゃないんだけど、建具屋さんがふすまと敷居の間に適当な〈あそび〉をつくるように、人間の心と心の間にゆとりをつくる働きをするんだと思います。これはすでに広い意味での〈ことばあそび〉と言ってもいいんじゃないでしょうか。考えてみると、赤ちゃんが初めて聞くことばは、決して実用的なことばじゃありませんね、〈いないいない、ばぁ〉とか、〈ちょちちょち、あばば〉とか、母親は意味のない〈あそびことば〉で我が子に話しかける。〈さあ、ミルクをあげますよ〉なんていう、意味のあることばにしても、赤ちゃんがそれを理解するわけじゃない。それでも母親はあれこれことばを発してる。それはひとつの愛情の表現であり、口から耳へのことばによるスキンシップだと思うんです。人間はそんなふうに、まずあそびながらことばを習得してゆくんじゃないでしょうか。母親、あるいは周囲のおとなに話しかけられないと、子どもの言語能力は育たないんです。

――けれど人間は成長するにつれて、実用的なことばも覚えなけりゃいけませんね。

＊　もちろんそうです。いたずらざかりになると、母親のことばもだんだん実用的になってこざるをえませんね。〈きたないことをしちゃ駄目〉とか、〈早く寝なさい〉とか、禁止や命令のことばがふえてゆく。もっと子どもが大きくなると〈塾へいきなさい〉とか、〈宿題すんだの〉ということになる。学校で習うことも、ほとんどすべてそういう実用的なことばの世界に属してますね。社会生活をしてゆく以上、これは必要なことです。だけど、またまた妙な分けかたになってしまいますが、学校で習う表言語に対して、子どもたちの世界には子ども同士の裏言語みたいなものもあると思うんです。今でこそ復権のきざしがありますが、いわゆる〈わらべうた〉なんかは、明治以後公教育の場で

はほとんど無視されていたし、舌もじり（早口ことば）、なぞなぞ、しりとりなんかも、国語の授業にはあまり出てこない。今ではテレビのコマーシャルとか、漫画のセリフとか、いわゆるパロディとか、そんなかたちでそういう〈あそびことば〉が、子どもたちの間に浸透している。

中にはあまり感心しないことばもありますけど、そういうかたちで補償せざるをえない心的エネルギーを子どもがもっていることは認めなきゃいけないし、言語というものの多様な働きを自分のものにするためには、正しく美しいことばばかり使っているんじゃ、不十分なんです。これはもちろん子どもについてだけ言えるんではなくて、おとなにとっても同じことですね。

——そうすると、〈ことばあそび〉というのは、必ずしもまとまった作品でなくともいいということですか。

＊基本的にはあらゆる言語に内在しているあそびの部分を、できるだけ裾野をひろげてとらえてゆくべきじゃないでしょうか。作品というより、ことばの働きかたの重要な一面とでも言えばいいのか。その裾野の上のほうに文学作品を、ことに詩をすえてみることも可能でしょうね。私自身は主として音韻の面から、現代詩の世界でのもうひとつの道（オルターナティヴ）を手さぐりしながら、〈ことばあそび〉にぶつかったのですが、その道のむかうところは意外に広く深いということに、だんだん気づいてきています。

個性とか自己表現を重視する、近代芸術の考えかたが唯一のものではなく、自分の内なることばが、自分の外にあることばと交流するところに言語の働きがあり、ことばはむしろせまい自我を他者にむかって解き放ってゆくもので、そう考えると自分の貧しさにくらべて日本語の宇宙が歴史的にも地理的にも実に豊かだということが分ってきますし、また印刷メディアだけがメディアではなく、肉声による交流が、特にことばあそびにとって、欠くことができないということもあきらかになってきます。

〈ことばあそび〉を、手作り詩というふうに呼ぶ人もあるんですよ。つまりちょっとしたルールを知っていれば、ことばを素材にして誰にでもつくれるってことですね。まあ地口、駄じゃれもその中に入りますが、もう少し洗練されたもので言うと、たとえばアクロスティック——名前やことばをよみこむ短詩です。

あくびがでるわ
いやけがさすわ
しにたいくらい
てんでたいくつ
まぬけなあなた
すべってころべ

いちばん上の文字を横に読んで下さい。ちょっとしゃれた恋の告白です。また、舌もじりも伝統的なもので、今の子どもにも分るというものが意外に少いので、新作があってもいいと思います。

こがめもこがももこがもめもかごのなか
きっときってかってきて　きっときってかってはってきて

日本語の五十音も〈ことばあそび〉のつきない材料です。

あかんぼ　はがでる
あさには　ひがでる
おうてと　ふがでる
おもわず　へがでる
すすきに　ほがでる
ほへふひ　はがちる

（「高校クラスルーム」一九七九年十一月）

言語から文章へ

個人的に

〈言語から文章へ〉という題名を与えられて、私はこの文章を書き始めている。ずいぶん大きなひろがりをもった題名である。こういう題名の下に、いったい私にどんな文章が書けるのか、それは自分自身にも予測できない。私はただ私自身のとぼしい知識と経験にもとづいて、与えられた主題に近づこうとする。いくつかの材料はあるけれど、私には学問的な体系のようなものは何もない。私の書きかたは断片的にならざるを得ないし、時には矛盾もするだろう。だが、私はあえてそれを恐れぬことにする。私にとっては、文章はいつもそのようにして書かれるしかないものだからである。

〈言語から文章へ〉という主題に近づこうとして書かれる文章は、そのままで言語から文章の生まれるありさまの一例を示すことになる。そういう主題をもたぬ文章もまた、考えてみれば書き手の意識にかかわりなく、同じことを示しているものだろう。あらゆる文章が、〈言語から文章へ〉の過程を体現しているものだとすれば、言葉をつづることのできる人間なら、ひとり残らずこの主題についてなんらかの経験をしているはずである。そこにこの主題のもつひろがりの大きさがある。

この題名がひとりひとりの人間の内部に呼びさますものは、多種多様だろう。十人の書き手がいれば、十の異った文章が生まれるだろうことは疑えない。〈言語から文章へ〉という主題をめぐる文章は、単に日本語圏においてのみでなく、他の言語圏においても書かれるだろうし、また同じ題名はもたぬとしても、同様な主題をもつ文章はすでにいくつも書かれただろうし、これからも書かれるだろう。それら無数の〈言語から文章へ〉を主題とする文章の中で、私のこの一文のもつ存在理由とはいったいなんだろうか。

その存在理由はおそらく、他の誰でもないこの私が書くのだというところにしか、求めることはできぬだろう。そのことはこの一文の優劣とは関係がない。この一文が他の誰の書いた同様の主題をもつ文章とも異る独自性をもたねばならぬということすら意味しない。私という人間は他のいかなる人間とも違う顔や姿をもっている。また私は私自身のものでしかない出自と経験とを有している。それと同じほどに私のこの文章は、おのずから他の人の書いた文章と異っているだろうし、また似てもいるだろう。

だがまた同時に私は、この一文を他の日本人なら誰もがもっている共通の語彙と文法を用いて書いている。丁度私が機能においては他のすべての人々と同じ眼や口や手足や脳をもっていながら、私以外の誰でもなく、私自身であり得ているように、この一文も語彙や文法や知識を共有しながら、私の文章になり得る。むしろそれらを共有しているからこそ、すなわち言語という共通のものをもっているからこそ、文章は成立する。

言語を仮に人類にたとえるなら、文章は個人にたとえることができるだろう。群としての人類から個人は生まれ、群の中で生きてゆく。が、同時に人類という群を成り立たせているのは、ひとりひとりの個人である。同じようなことが、言語と文章との関係にもあてはまるだろう。文章は言語から生まれる。そしてすべての文章は互いに他の文章を文脈として読まれる。文章は言語から生まれると同時に、言語を形成する。

言語から文章が生まれるためには、個人の媒介が必要だ。どんな無性格な文章も、客観的な文章も、その根を個人の魂におろしていると私は考える。法律の文章や、科学論文の文章などのように、或る集団が書いたかのように思える文章もあるけれど、それらの文章も言語から分離してくる過程で、たとえ複数ではあっても個人の手をへているだろうし、またそれらが文章として成り立つのは、それらを読みとる個人が存在しているからである。

どんな文章であれ、個人の次元で読みとられぬ限り、人間の言葉として生きてはこない。そしてそれがほんとうに読みとられた時、そこでは書くことと読むことの区別はないと言ってもいい。だから少し独断的かもしれないが、こう言わせてもらおう。あらゆる文章は、たとえそれがいわゆる個性的な文章でないにしても、個人的であると。少くとも私の考える文章とはそういうものだ、書くにしろ、読むにしろ、私は常に先ず自分と向かいあわざるを得ない。

自然に

英語を母国語とするひとりの若い女のひとの口もとを、私は思い出す。顔を伏せ、自分の頭の中の考えを追っている彼女の口もとが、何かをせきとめるかのように小さくふくらんでくると、私はいつもその次にくる彼女の言葉を予測できるのだった。日本語にはない小さな破裂音と共に彼女が… but …（だけど）と言い出すと、今まで語られていたことが、またちがった角度からの照明を与えられていることが分ってくる。

頭の中の言葉の貯水池の水位が高まって、それが一筋の流れになって奔り出るような、そんな感じが聞き手である私に快かった。英語に限らず、人間が言葉を発する時には常に肉体的な緊張とそれに伴う開放のくり返しがあって、それはおそらく一生物としての人間の呼吸にかかわっている。言語によるコミュニケーションは、新陳代謝にたとえることもできるかもしれない。

文章という言葉はふつう、書かれた言葉についてだけ言われている。いくつかの文が集まってひとつの筋、或いは思想を表すものというふうに考えられていて、日本語の語感としては、それはどちらかというと、きちんと整ったものだと感じられているようだ。「文章になっていない」というような言いかたを私たちはする。文という言葉と違って、文章という言葉には書き手の人格を反映したなにものかが含まれている。「文は人なり」と言う時の〈文〉は、単なる文法的な文であるよりも文章を指しているととるべきだろう。私たちは友人に出す一枚の葉書においてすら、文に工夫を加え、推(すい)敲(こう)し、時には書きつぶしをしたりする。つまり私たちは単なる文に満足せず、曲りなりにも文章を書こうと努力する。文と文章とを区別するものは、そのような個人の意志の力だと言っていい。その意味では、文章は極めて人為的なものだと考えることができる。

だが、書くことを意識し、意志の力によって工夫を加えたものだけが文章だろうか。話された言葉は、文章と呼べないのだろうか。もし呼べぬとしたら、たとえば話すのを速記し、文字化したものは、文であって、文章ではないのだろうか。文章とは何かを定義することは私の任ではないし、へたに定義することはかえって人間の生きた言語活動を、固定してしまうことになるだろう。けれどこの一文では、私はあえて話し言葉をも、書き言葉と共に、文章に含めて考えてゆきたい。

私にとって、文章とは人為的なものであると同時に、自然なものである。少々極端な言いかたをすれば、思わず発せられる「ああ」という感歎詞(かんたんし)ひとつですら、文章と無縁ではない。日本語においては、話された言葉は書かれた言葉にくらべて、粗雑であり、曖昧であると考えられることが多い。けれど不用意に発せられ、推敲のいとまもなく相手に受けとめられてしまう話し言葉にも、吟味され、何度も書き直された書き言葉に表れるのと同じように、時にはむしろもっと正直に、その人の人間は表れている。

そのふたつは必要に応じて区別して考えられねばならないが、それらの間の連続を無視することもまた、言葉という生きものを見失うことにつながる。どんなに整った名文の中にも、私は…but…が発音された時と同じような、人間の生理を見ていたい。どんなに推敲を重ねようと、文章において人間は結局自分自身から逃れることができない。

言語は人間に特有なものであり、言語を得たことで、人間は自らを他の動物から区別し、自然を意識することができるようになった。だが裸の人間が哺乳類の一種であるのと同じように、言葉もその根を自然の中におろしている。文字化され印刷された文章も、人間の口や舌やのどの形、目や耳や手の機能と切り離されているわけではない。文章を話し、書き、聞き、読む行為は、人間にとって基本的に自然な行為であると考えてもいいのではないか。

自発的に

警察で調書をとられたことがある。交通事故の、当方は被害者だったから、警察官も親切だったが、調書を作成するのはせま苦しい取調室でえんえん三時間にも及んだ。事故の模様を説明するのは、こちらにうしろぐらいことのない以上、苦痛ではなかった。私がほとんど生理的に、なんとも後味のわるい思いをしたのは、調書の文章である。私が喋(しゃべ)るのを、担当の警察官が書きとるわけだが、もちろん速記のようにそのまま書きとるのでもなく、かと言って要点だけを整理してゆくのでもない。

調書独特の文体で、あたかも私がその通りに喋ったかのように、書きおろしてゆくのである。私がどんなに自分の喋りかたに固執しても、警察官はそれを決して悪気ではなく習慣的に、調書のあの妙に卑屈な文体に翻訳して書いていってしまう。その文体にどんな歴史があるのか、その文体に日本の警察のどういう体質がかくされているのか、それはここでは問題にしない。述べられている事実はその通りなのに、口調は全く自分のものではない文章に、「右の通り相違ありません」と、自分の名を署名することが、ほとんどうしろめたくすら思えたということに、私の関心はある。

似たような経験に、談話取材というのがある。何かに関する意見を、問われるままにいろいろ喋ると、それを編集者がまとめて文章にするのだが、上手な人の場合には文章がその人の文章になっていて、しかも私の意見を正確に伝えてもらえるけれど、そういうことは稀で、多くの場合喋ったことと書かれたことのずれは大きい。

またたとえば、自作の詩や文章がアンソロジーや教科書などに収録される際に、表記や行わけを変えられることがある。この場合も内容にはほとんど変化はないのだが、気持のわるさは変らない。印刷上の誤植もまた、それがほんのささいなものであっても、私たち物書きを時に絶望させる。

形はそれぞれに違っても、自分の話したこと、自分の書いたものが、外部からの力で変えられた時に感ずる不快感は、なによりも先ず生理的なものだ。きらいな人間の汗ばんだ手でさわられたような感じ、自分のもっともプライベートな部分に土足で踏みこまれたような感じ、しかもそれはいったん人目に触れてしまったら訂正のしようがない。私の反応もだから、反射的な怒りを伴うことが多い。

他人にとってはほんの片言隻句にしかすぎないものが、どうして自分にとってはそうも重大なのだろうか。一字一句をゆるがせにできぬ文章もあるし、一字の違いが意味を逆転させることもあり得る。だがそんな微妙な場合に限らない。また、他人に自分の文章を批評されて直す場合、或いは他人と共にひとつの文章を合作する場合には、私はそんなに自分の言葉にはこだわらない。いったん自分に納得がいけば、不快感は生まれない。

当然のことだが、私たちは文章を自発的に話し、書く。他から強制された場合にも、最終的には人間は自発的にでなければ話せないし、書けないようなメカニズムをもっている。「口を割らせる」と言うが、それも心理的な圧迫を加えて自発的に喋らせるのだし、暴力による強制もやはり話し、書く当人の同意を最後には必要とする。人間と彼の文章とは、（おそらく薬物によって強制される場合を除いて）切り離すことのできぬ自発性にむすばれている。文章は手足と同じく、人間存在の延長だと言える。

だからこそ文章は個人的になれるのだし、自分の話し、書いた文章の責任をとることもできるのだ。文章とそれを生んだ人間とは、ひとつの有機的な統一体なのだ。それを切り離そうとすることがほとんど生理的な苦痛をもたらすのは、切り離されればその人間も文章も共に生命を失い、存在する意味を失うからだろう。

調書の文章は私から生まれた文章ではなく、また担当の警察官個人から生まれた文章でもないように私には思えた。それは全く自発性を欠いていて、それ故にうす気味わるく、みにくかった。手紙の書きかたなどと呼ばれる本に現れる文例が、美しく整っていても、どこか幽霊のように影が薄く感じられるのも、むすびつくべき個人が見当らぬからだろう。しかし、そういう自発性を欠いた文章もまた、どこかで、誰かによって自発的に書かれたのである。書いた当人は、その文章に自分が責任があるとは夢にも思っていないだろうが。

そのように書き手、話し手と文章とが断絶している例は現代では少くない。そういう文章を話し、書く人々は、自分の文章にも他人の文章にも、おそれの気持をもっていないのではないか。ほんとうに自発的であるなら、文章は人間そのものと同じに生きていて、みだりに手を触れるのはおそろしい。

創造として

フランスの詩人レイモン・クノーに、『文体練習』という本がある。ラッシュアワーのバスで見かけた青年の、ごく日常的なつまらない行動を、九十九種の異った文体で書き分けたものだ。私は池内紀（いけうちおさむ）氏による抄訳を読んだだけだが（「現代詩手帖」一九六八年四月号）、〈報告〉に始まって、〈女性体〉、〈ジャバ語体〉、〈素人体〉、〈不真実体〉、〈お役所書簡体〉等々の文体が、ものの見事に書き分けられていて、それにつれて対象となっている青年の行動も、読む者の眼には微妙に違ってうつる。

実際に九十九人の人間がそれぞれに書いたとしても、そこまではお互いに違った文章にはならないだろう。むしろ才能あるひとりの作者だからこそ、そんな多彩な文章が書けたのかもしれない。クノーは嘘とか真実とかが問題にならぬ抽象の楽園を前もって設定し、その中で思う存分遊んで、私たちに言葉の豊かさを教えてくれる。

そこではたしかに文章を書くという行為がひとつの創造であるということが、身にしみて理解される。だが言葉の専門家とも言うべき詩人の、曲芸のような文章だけが創造の名に値するのだろうか。ふつうの人間が、たとえば手紙を書く時、彼は文章を創造していないだろうか。ピーター・ファーブは『ことばの遊び――人が話すとき何が起こるか』（金勝久訳、佑学社、一九七四年）の中で次のように言っている。

> すべてのネイティヴ・スピーカーは、言語の遊びや、討論をやり、それから詩や文学を創作するために、言語の創造に驚くべき才能を示すものである。……このような言語上の創造性は、地上のあらゆる人間の——言語、社会、知能を問わず——生得権である。……人はどんな偉い先生について、どんなに努力しても、すべてがすべて、ヴァイオリンを演奏できるとか、高等数学の計算ができるとか、ハイ・ハードルを跳び越えられるとか、あるいは、カヌーを漕げるものとは限らない。——しかし、すべての人は、言葉だけは、絶えず創造し、発音しうるのである。最初は信じられないかも知れないが、よく考えてみなさい。今、諸君がここで読んだ文は、これまで英語史で読んだことのない、初めての文であるかも知れないし、今読みつつある文も、そうであるかも知れない。事実、慣習的な言葉——たとえば、挨拶とか、別れの言葉とか、ありがとうという決まり文句や、諺など——を除けば、人間のスピーチは、いずれも、先例のない、新奇な言葉であると、理論的には言えることである。
>
> （……は引用者による中略）

同じ展望台から、同じ時に同じ山を眺めて書いた絵葉書も、書き手によってそれぞれに違う。その時のその山を描写する文章は、長さを絵葉書に収まるものと限っても、おそらく何億とあるに違いない。その順列組合せを記憶しているなどということがあり得ない以上、私たちは絵葉書を書く時、やはり文章を創造しているのである。

だがまたピーター・ファーブは同じ本の中でこうも言っている。「いくらでも表現する言葉はあるはずなのに、人々はいたずらに、陳腐な言いまわしにしがみついている。統計によると、電話による通話の九十六パーセントは、たった七三七語しか使用していない。」今や私たちは昔とはくらべものにならない発達した通信手段をもっている。だがそのおかげで私たちは、妙な合言葉で話したり、互いに互いの口真似をしたり、多数が声を合わせることで少数の言葉を聞こえなくしたりするようになっている。

もしも私たちが何ひとつ文章を創造せず、決まり文句や引用ばかりで話しあうようになったらどうだろう。私たちはしまいにはきっと、自分と他人の区別のつかぬ均質な集団になってしまう。そういう危険はいわゆる全体主義的な社会にだけあるのではなく、マスコミュニケーションの発達した民主主義社会にもひそんでいる。権力の強制のみが私たちの言葉を画一化するのではない、私たち自身の中に画一化への欲望がある。

人間はたしかに模倣によって学習し、模倣によって成長する。文章は創造だと言っても、どんな天才も全くの無から文章を書き始めることはできないし、次々に目新しい文章を書きついでゆけるわけでもない。ただもし私たちが自分自身を失いたくないなら、言葉は他人から借りるものではなく、自分で探し、掘り当てるものだということに気づくだろう。自分の言葉、自分の文章は簡単には手に入らない。適当な単語が見つからないということだけであれば、丹念に辞書を探すことで解決がつくだろうし、うまい言いまわしが思いつかないということなら、他人の文章から学ぶことができる。しかしひとつの単語を使いたいと思っていて、しかもその語の意味するものを自分がいったいどこまで深くつかんでいるのか分らないという不安感、或いはひとつの語の後に、またひとつながりの文の後に、他の語、他の文をむすびつけることで、私たちはその語、その文に自分なりの新しい意味をつけ加えようとするのだが、そのむすびつけかたがどこまで自分だけのひとりよがりでないのかという孤独感、そうしてまた、言葉以前の心の中の未分化なもやもやが、自分の力の不足からどうしても曖昧な言葉にしかなってくれぬいら立ち、例をあげ出すときりのない、そうしたほとんど肉体的な苦しみをへずに、人は自分の言葉、自分の文章に近づくことができない。

もちろんそうした苦しみが、その人独自の文章を保証するものではないとしても、すぐれた文学者、文章家でそのような苦しみに無縁だった人間がいるとは信じ難い。書く現場で、机の前で苦しむだけでなく、日々の生活において、無言の行動において苦しむことが、その人の言葉をその人の内部で深めていっている。そのようにして話された言葉、書かれた文章は、たとえそれがどんな訥弁（とつべん）であれ、たどたどしい文字で書かれた一片の葉書であれ、すでに文学に近づいていると言えよう。自分自身というこのただひとつの存在の独自性（オリジナリティ）とは、その根源性に他ならない。自分を知れば知るほど、人は人間を知り、言語の普遍的な根に近づく。それが創造ということであり、そこにあらゆる文学の源があるのだ。

開くこと・閉じること

言葉によって人間は他者に向かって自分を開く。なにかを伝達したいという欲求、自分を理解してもらいたいという欲求から、人は文章を書く。だが同時に、言葉によって人間は他者に向かって自分を閉じる。自分の存在を他者から区別したいという欲求、理解されようがされまいが自分の輪郭をはっきりさせたいという欲求からも、人は文章を書く。自分を開くことと閉じることは、ひとつの文章の中で必ずしも矛盾しない。

少々意味はずれてくるけれども、それを分析と綜合（そうごう）というふうに言いかえてもよい、また部分と全体というふうに言うこともできるかもしれない。言葉にはものごとを切りはなし、区別してとらえようとする機能と、ものごとを集め、むすびつけてとらえようとする機能が同時に存在している。たとえば日本語の木という言葉は、その指し示しているものが、岩でも人でも空でもなく、木であると区別しているが、同時にその同じ言葉が、松や杉や栗や楡などの種をひとまとめに木であると綜合してもいる。

もし私がいま、窓外に見えている一本の木を描写しようとすると、私はその一本の特定の木、具体的な木について、たとえば葉がみんな落ちていて裸であるとか、幹にきつつきのあけたらしい穴があるとかいうことを書いてゆくだろう。その他にもその木がどんな場所に立っているか、時刻は何時頃か、光の具合はどうかということなども必要になってくるかもしれない。

だがいかに詳しくその一本の木を描写していっても、その木のありさまがちっとも読み手に伝わらぬことがある。むしろ余りに精密に分析的に書きすぎると、かえって木の像はぼんやりしてくる。反対にたとえば、俳句のような短い形の文章がいきいきと具体的に、一本の木の姿を表すこともあるのだ。言いかえると、私が一本の特定の木のありさまを言葉によって、すなわち文章によって他者に伝えようとする時、その木は他の無数の木と区別されながらも、同時にそれらとむすびつけられ、ひとつのものとしてとらえられなければ伝えられない。

木という一語の中にすでに、そのような働きが内在していると言えるだろう。木はひとつの概念として、その発生から現在に至る地球上の木の総体を意味しているはずだが、私たちが木という言葉を聞いて思い浮かべるのは、ほとんどの場合、一本の木である。地球上のすべての木を、一本の木という形で代表させることのできるのが、言葉の便利さというものだろうか。けれどそこにはまた、人間の頭脳の限界と、それに伴う言語の限界もはっきり表れているように思う。

たくみな随筆などに、すぐれたデッサンを思い起こさせるようなもののあるのは、分析と綜合のバランスのとりかたのうまさに、共通点があるからだろう。一本の線が、余白にまざまざとものの形を浮かびあがらせるように、すぐれた文章は部分を書くことで、全体を指し示す。これはものの描写に限らない。観念を書く時も、自分の内面を書く時も同じだ。

どんなに精密に使おうと思っても、言葉の解像力には限度がある。どんなに正確に使おうと思っても、言葉は生きた人間の間で、にじみ、揺れながらでなければ流通しない。なにかを伝えたいと思って、そのなにかにのみ固執しつづけると、肝心のなにかが分らなくなってくる。ひとつのなにかは、常に他のなにかとの関係においてのみ、なにかであることができるからだろう。なにかと他のなにかとは、すなわちひとつの言葉と他の言葉ということになる。

言葉によって自分を、或いは対象を開くことと、言葉によってそれらを閉じることは、ほんとうは同じひとつのことなのかもしれない。だがそのことを言う言葉を私は見出せない。見出せないと書くことで、かろうじて私の内部にぼんやりと幻のような想念が保たれているが、もしそういう言葉があり得ないのだとしたら、こういうふうに書くこと自体、言葉を混乱させるだけかもしれない。

私たちの話し、書くどんな言葉も、単位としてはすでに言語の中に存在している。しかし私たちは単位の新しい組合せを創ることで、不断に言語をよみがえらせている。言葉の限界に人を気づかせ、それを超えることを夢見させるのもまた言語の内蔵している大切な働きのひとつだろう。

時間にそって

文章は絵画と違って、一瞬で対象をとらえることができない。頭の中にひとつの鮮明なイメージが浮かんでいても、それを言葉にすると、或る長さをもった時間の中で表現するしかない。文章を書く時、私たちは時間にそって進む。時に早足で歩き、時に立ち止まる。時にまわり道をし、時には後へひき返しもする。出発点に戻ってやり直すこともしばしばである。

考えが頭の中から流れだして、そのまま文章になっていけば、こんなに幸せなことはないが、私の場合そういうことは稀だ。頭の中はうまいたとえではないが、線香花火がかそけく火花を散らしているような状態だ。周囲は暗闇としか言いようがない。その中で時折火花がひらめいて、言葉と言葉がむすばれ、文章の断片となって意識の表層へ浮かび出る。妙な話だが、考えたことと文章とは、ほんとうはふたつの異ったものだ。

考えは文章ほどにも首尾一貫していないのである。後になって自分の文章を読み返してみて、なんだかちょっとなめらかすぎるじゃないかと思うことがある。が一方では、自分の頭の中の言葉になりかけたかなりかけぬくらいの考えなどというものは、自分にとっても他人にとっても存在しないも同然だとも言える。事実、文章になることで、はじめて自分の考えていたことに、自分で気づくということもあるのだ。

頭の中の自分の考えは対象化できない。しかし自分の文章は、生まれた瞬間にもう他人の文章と同じように対象化できる。だから推敲ということも可能になる。むしろこう言ったほうがいいかもしれない。考えを対象化するために、それを社会の中で存在させるために、人間は文章を話し、書くのだと。だからそれは他人のためであるよりも前に、先ず自分のため、自分を見出すための行為だと言ってもいいと思う。

頭の中の考えは、時にひとつのイメージであったり、予感のようなものであったり、ごく短い言葉の断片であったりして、無時間的だ。だがいったんそれが文章になり始めると、考えはひとつの形と流れと方向を与えられて時間的になり、私たち自身の肉体と強くむすびついてくる。話す口や舌、書く手や腕、そして呼吸と心臓の鼓動、そうしたものが知らず知らずのうちに、文章を制御する。脳にはもちろんそういう肉体的条件に支配されまいとする意志も働くけれど、脳そのものがすでに睡眠のリズムや、私たちをとりまく環境のリズム――季節や日常生活のリズムに支配されていることは否定できない。

そのようにして文章はおのずから、それぞれに特有のリズムをもつようになる。このリズムはたとえば七五のような明白な言葉の調子を指すものではなく、その文章に内在している書き手の、また話し手の時間感覚のようなものと言ってもいいかもしれない。それは聴覚のみにかかわっているのではなく、その一個人のすべての感官を通しての生きることへの感覚とも言うべきものにかかわっていて、文体と呼ばれるものを出現させるひとつの重大な要素になっていると思う。

　リズムを表現のひとつの形として、意識的につくろうとする場合がある。吐息のように自然に生まれた文章が、作者の生きているリズムを素直に伝えてくれる場合もある。たとえば口伝えの昔話のように、或る共同体が長い間守ってきた生の形式から生まれ、同時にそれを支える役目を荷（にな）っているリズムもある。

　リズムと一口に言っても多数であるのは言うまでもないが、リズムは基本的に孤立したものではなく、人間と人間をむすぶものだ。文章というものを意識したわれわれいわゆるもの書きにとっては、文章において望ましいリズムを発見することは、そのまま自分たちの生きることのリズムの発見に通ずる。難しいのはどんなリズムを択ぶかということではない。音楽と違って文章では好きなリズムを択ぶということはほとんど不可能である。それは自分の外部にあるものではなく、内部にあるものだから。

　私たちは生きつづけてゆくことで、それを発見する。自分にふさわしい生きかたをつくらずに、文章のリズムをつくることはできない。或いはそれはつくられるものですらなく、日々の生活の中で生まれるのを待つしかないものであるかもしれない。

択び択ばれる

生まれた瞬間に文章はひとり立ちする。それは作者がいなくとも社会の中で機能し始める。それこそ文章というものが、個人の中から生まれるものではなく、言語から生まれるものであることの証拠だと言ってもいい。個人はたとえて言えば、言語という分子をむすびつけて活性化する酵素の如きものででもあろうか。言語の側から文章を見れば、すべての文章はアノニムなものであると見ることもできる。しかし、個人の側から見れば、文章にはまぎれもなく個人の烙印(らくいん)が押されている。

ふたりの人間が、同じひとつの主題について、同じひとつの単語を第一語として文章を書き始めたとしよう。彼等の第二語が、すでにそれぞれに異った言葉になることは、ほぼ間違いない。そういう違いはいったいどういうところからもたらされるのか。もしふたつの文章をくらべて、どちらかをよりよい文章だと言うことができるのなら、その基準はどこにあるのか。

「言葉を知らないから」文章が書けないと言う人がいる。この場合の言葉とは語彙を指していると考えていいだろう。使うことのできる語彙の量は、たしかにひとりひとりの人間によって異っている。外国語を話したり書いたりする時に、私の感ずるもどかしさはもっぱら私の語彙の貧しさからくるものだと思う。その語彙は単なる単語の数だけを意味しているのではなく、いわゆる言いまわしと呼ばれる表現の技術をも含んでいる。

だが語彙の量が多ければ、それだけで文章が書けるものだろうか。もしそうなら、私たちは身近に大部の辞書さえもっていれば、たちどころに名文をものせるということになりかねない。語彙の量に対して、語彙の質というものもあると私は思う。知識として知っているだけでなく、言葉のひとつひとつをどれだけ自分の経験によって、たとえ自らそれと意識していなくとも、定義し得ているか、どれだけ言葉の意味の深さを自分の身につけているか、それが語彙の質ということである。

ひとつひとつの言葉には、辞書的な意味に加えて、ひとりひとりの人間の経験によって与えられた意味がある。ひとつの言葉の後に他の言葉をつなげて、私たちが文章を創ってゆく時、その文章を独自なものにするのは、辞書的な意味であるよりもむしろ、そういう個人によって与えられた意味の深さであると言えないだろうか。

「言葉を知らないから」文章が書けないという言いかたには一面の真理がある。しかしたとえ語彙の量は少くとも、その語彙が質として豊かである時、すばらしい文章の生まれることも少くないということを、私たちはたとえば名もない人々の話したことや書いたものによってよく知っている。「言葉を知らないから」書けない文章とは、結局自分にふさわしくない文章、真似ごとの文章に過ぎない。どんな人間にも、書ける文章と書けない文章がある。書けない文章を書けないと知ることは大切だ。

最終的には語と語の順列組合せでしかない文章というものにおいて、私たちは或る一語の次に他の一語を択ぶ。その選択には動かすことのできない必然性があると私たちは感じている。選択する力はどこか私たちの内部のもっとも奥深いところからわいてくる。そこにはその人が世界をどのようなものとして見ているかという認識にもとづいた判断がある。また世界はどのようであらねばならないかという倫理にもとづいた判断がある。そうしてまたそこには、その人の感じている美にもとづいた判断がある。それらをわかち難くむすびつけて私たちが人格と呼んでいる、私たち自身が存在している。

だが私たちは言語に対して常に能動的に択ぶことが可能だろうか。時には私たち自身の意志に反して、言葉が吸い寄せられてくる、或いはむしろ言葉のほうが私たちを択んでくると言ったほうがいい状態があるのではないだろうか。たとえばインスピレーションという言葉はそのような状態を指してはいないだろうか。かつて大岡信（おおおかまこと）は詩の言葉を説明するのに、砂鉄とそれに一定の方向を与える磁石の比喩を用いたが、同じことは詩以外の文章にもあてはまると思う。

言葉を択び、ひとつの方向に整える力は私たちに内在している。だが、それに応える力もまた言語に内在しているのだ。文章は個人によって生まれながら、個人を超えたものを指し示す。そこに言語の底知れぬ深みがある。

たとえば、シュールレアリストの詩人たちが試みた自動記述は、いわば言語に対して可能な限り受動的であることで、言語の深みに迫ろうとした行為であると言えるだろう。それと対照的に、禅宗の僧侶たちの生んだ公案なるものは、言語に対して可能な限り能動的になることで、言語の深みに達し、その限界を破ろうとした行為であると言える。そのいずれにおいても、言語の深みはそのまま人間性の深みでもあった。だがまたこのふたつの例も、言語のひろがりを示す境界に打たれたふたつの点にすぎないとも考えられよう。人間の話し、書き、聞き、読む領域の広さと深さは、私たち自身の想像を超えている。

現実へ

人間は言葉を信じなければ生きてゆけない。言葉に対する不信を口にする人間も、その不信を述べる言葉は信ぜざるを得ないし、言葉なしではいかなる思想も感想も形をなさないのは分りきったことである。言葉はたしかにしばしば嘘をつく。だが嘘をつけるというところにも、言葉の真実はある。嘘に対して真実が存在すると、そのことを思い浮かべるためにも言葉は必要である。

私たちは言葉というものを、嘘ではなく先ず本当として受けいれる。嘘に対して私たちが怒りの感情をもつのは、本当だと思った感情を裏切られるからである。「私は嘘つきだ」ともし或る男が言ったとすると、私たちは先ずその男が、本当のことを言っていると信ずる。嘘つきが自分を嘘つきと呼んでいるのだから、彼は本当は嘘つきではないのだと考えるのは、むしろ人情の自然に反する言葉の遊びに近い。一見論理的にそう考えたとしても、私たちはまたすぐ彼がそういう論理を予測して、私たちをだまそうとしているのではないかと考え直す。

「私は嘘つきだ」と言う男が、本当は嘘つきなのかそうではないのかということを、その一言だけで決定することはできない。その一言よりもっと多くの彼の発言、発言だけでなく彼の行動、そしてそれを通して私たちがたとえ断片的にであれつかむことのできる彼の人格、そういうものがその一言の真偽を決定する。数式のように確実に機能する言葉はあり得ない。言葉にはいつも多元的な、そして多義的なひろがりがあり、それを限定してゆくのはその言葉の前後につづく他の言葉、その言葉の置かれた状況など、広義の文脈と呼ばれるものである。

文章と一口に言ってもいろいろな文章がある。旅先から友人に出す絵葉書の文章も文章なら、すでに古典とみなされている有名な詩の一節も文章と呼べる。自分の生命を賭した発言も文章だし、気楽に人を笑わせる落語もまた文章だろう。それらを分けて考えてゆくことも大切だが、それらをむすびつけて文章というもの、言葉というものの全体を考えてゆくことも劣らず大切だ。文学に人間の言語活動の中で、或る特殊な治外法権を与えてしまうことには私は反対だ。

言葉はそれ自体で人間にとって現実の一部であるが、それはまた刻々に現実を発見し、つくり、変革してゆくてだてでもある。現実は私たちの外で日々変化してゆくが、私たちの内でもそれは変化をやめない。私たちの認識が深まるにつれて、現実もその様相を深める。それは一方でますます多様化しながら、他方ではひとつの統一体として把握されてゆく。たとえば、ひとりの人間が「憎しみと愛とは正反対の感情である」と言い、他のひとりが「憎しみにも愛がかくされている」と言ったとすれば、今の私は後者の認識のほうがより人間の現実に近いと判断する。

その時そのふたりの人間の現実認識の深さはあきらかに異っていて、そのこととそのふたりにおける〈憎しみ〉〈愛〉という言葉のとらえかたの深さの違いとは分ち難くむすびついている。文章における真実のレベルは、人間のそのような現実認識の深さのレベルと同じものだと言うことができるのではあるまいか。どんな虚構の中にも真実は存在し得る、むしろ虚構によってますます深く、私たちは真実に近づくこともできる。単純な真偽でわりきることのできぬ言葉の働きの奥ゆきがそこにある。

創造とはより深められた現実の発見であると言えるのではないだろうか。言語から文章へと向かってゆく行為において、私たちに可能なのはそのような意味での創造である。どんなに抽象的な観念を表す言葉も、また文章も、現実の子宮の中で受胎し、はぐくまれ、生まれ出るものだろう。サイエンス・フィクションのような絵空事の中にも私たちが人間にとっての真実を発見し、感動することができるのは、そこで用いられている言葉がその毛根を現代に生きる私たちの生活の中に下ろしているからである。また全くノンセンスな言葉遊びに私たちがひきつけられるのも、それがきれぎれの断片ではなくてひとつの有機体であり、その構造において日々の私たちの現実にどこかでむすびついているからだろう。

反対に、もっともらしい論理とむずかしげな用語に満ちた意味ありげなエッセイの中に、私たちが時として筆者の不誠実を直観的にかぎとることがあるのは、そのような文章を支えているのが筆者の生きた経験ではなく、生半可な理解のみによってとらえられたばらばらな言葉の断片にすぎぬことを、私たちが造花を生きた花から区別するように、区別する力をもっているからである。

その力とはどんな人間にも深さの差はあれ備わっている現実感覚というものだと言ってもいいであろうか。私たちの感官、私たちの経験、そして私たちの意志がそれを形成してゆくが、それもまた言語の介在なしでは不可能だ。言語から文章への旅は、より深く言語へと還(かえ)りそこに新しい秩序を見出そうとする旅であるとも言える。そこでは悪もまた善と同じく、醜もまた美と同じく探究の対象となる。人間がついにまるごととらえることのできぬ現実への、それは終ることのない道程だ。

（『岩波講座　文学3』一九七六年二月）

考えることを考える

ものを考える時、人間はいつもどこかからどこかへ向って考えるのではないだろうか。どこかからどこかへというのは、ずいぶん曖昧な言いかたで、論理の発端と帰結という風にあっさりと言いかえられてしまう危惧を感じるが、私の言いたい〈どこ〉は、そんな抽象的な位置のことではなく、もっと具体的な（それ故にいささか漠然とした）、人間が生きてゆく上での或る場所のようなもののことだ。

考えることで人間はひとつの場所から他の場所へと動く。それは他人の眼にもうつるはっきりした行動の形をとることもあるが、他人の眼には静止としか見えていない場合にも、考えることで人間は或る具体的な決断をしながら動いているはずであり、その動きはたとえごく僅かなものであれ、いつかは何かの形で他人に伝わるものだろうと思う。そのような動きを伴わぬ考えは、考えと呼ぶことができぬだろう。

考えるためには、すなわち動くためには、その動きを動きたらしめるもの、脚に対する地面のようなものが必要だ。私の言いたい〈どこ〉とはそのようなもののことで、地面という比喩を用いて、たとえば座標というような比喩を用いないのは、私にとって〈どこ〉が人間の日常から永遠に至る、とらえきれぬ巨大な具体性をもって感じられているからだろう。

同じように、動きそのものを、たとえば過程というような形でとらえたくないのも、そこにだけ眼がいくことで、〈どこか〉から〈どこか〉へという、その、〈どこ〉を見失ってしまうのがいやだからだ。論理という言葉も、その内部に既知の筋道しか含んでいないのだったら、あまり使いたくない。非合理的なもののにじみを切り捨てぬ形で使えるなら、使いたいと思うのだが。

何を考えるにしても、考え始めるその出発点を人間が任意に択ぶことが可能であるとは、私には思えない。無意識のうちに、また無言のうちに人間はみな、自分で考えるための前提のようなものをもっている。考えを宙に浮かばせぬための土壌のようなものをもっているはずだ。はずだという歯切れの悪い言いかたしかできないのは、実際にはその土壌に考える当人も気づかず、従って他人にはますますそういうものの存在が伝わりにくいものだということを、私が意識しているからである。

だが、本来そのような個々人の考えの基礎にある土壌のようなものは、ひとりひとりの人間によってそれほど大きく異なっているものであるとは思えない。むしろそれらが、基本的には私たちに共通に条件づけられているからこそ、一人の人間の考えが他の人間に伝わるのだとも言えよう。にもかかわらず、私が今、事あらためて考えそのものというよりも、考えのよって来たる場所と、考えの指向している場所を問題にしようとしているのは、共有であるべきそれらが、実は行方も知らぬ時空に向って、ばらばらに崩壊しつつあると感じるからではないか。

考えのよって来たる場所、考え始める場所は、その時代の人間の現実であると言っていいだろう。しかしこの現実という言葉は、何か或るひとつの巨大な実体を指しているようでいて、実はそうではなく、今や甚だ頼りない空語になっているかのようだ。現実は実体ではなくなって、ひとりひとりの人間の孤独な、偏狭な夢想の如きものになりつつあると私は感じる。個々の人間の現実認識はあっても、その人間たちが共通に直面しているはずの現実が、その重圧をみなひしひしと感じているにもかかわらず、正体がつかみ難い。

それだからこそ、〈現実〉が、あたかも理想や正義によって、容易に動かすことができるかのように思われもするのだ。これはまた、〈現実〉が言葉によって容易に動かし得ると錯覚されていると言いかえてもよい。現実はたしかに言葉によっても動かし得るが、その場合にも、言葉を発する当人は静止していて、現実が動くのではあるまい。言葉を発する者が先ずおのれの言葉によって動いてこそ、現実が、（たとえほんの僅かでも）動くと言うことができるのだ。この場合、言葉を考えと言いかえることもできる。動かすことが極度に難しい現実、そういう現実への共通認識がまた、文化というこの分り難いものを支えていたのではないだろうか。文化のあるところに、空論は栄えない。

先日、福原麟太郎（ふくはらりんたろう）氏の随筆を読んでいて、「する、しない」という示唆的な短文を見付けた。

「こういうことは、する、こういうことは、しない、ということがあるものだ。／しなければならぬ、してはならない、というのと違っている。そして、しないでも良いではないか、したってかまわないではないか、という反問を許さないものなのだ。」

する、しないという、理由づけを必要としない決断が出てくるその基盤が文化というものだろう。その根本には、人間の現実に対する暗黙の了解がある。日常生活の種々の局面を貫く常識というものもある。しかし、今はそのような暗黙の了解、殊更にその理由を問わぬ常識すら疑われるような時代なのである。皆が浮足立って、それぞれの孤独な考えを、それぞれの現実認識の上に立っていじくりまわしている。そのくせ我々人類は、ますますひとつの運命共同体としてのきずなを強めつつあるのだ。

考えのよって来たる〈どこか〉の崩壊は、考えの指向する〈どこか〉の崩壊とひとつのものだろう。それらはふたつとも、閉じられた、固定された場所ではなく、いわば考えることのエネルギイのベクトルが無限に深まってゆくような、方向性を動的に内在させている場所である。〈どこかから〉は、過去へと開かれ、〈どこかへ〉は未来へと開かれている。その未来のイメージが、数千年の人間の歴史に例を見ぬような変化を強いられつつあるのが、二十世紀後半の現状である。

人類終末の宗教的ヴィジョンは、たしかに東西に存在しつづけていたけれども、それが定量的と言っていいほどの確実性をもって予言せられたことは、過去にはなかったと思う。よく「あと三日の命と言われたら、あなたはその三日をどう過ごすか」というような質問に出合うことがあって、私は心ひそかにその答を「それまでの生活をそのままつづける」という風に想定し、自分にそれが現実に可能かどうかも同時に強く疑っていたものだったが、この質問には、個人は死んでも、人類は生きつづけるのだということが、確認の必要もない前提となっていた。

今、私たちの置かれている不安定な状況はこれとは異なっている。どんな小さな、局部的な考えも、人間の考えである限り、人類の過去と未来に向って開かれている。個人の死を前提として考えることはできても、人間は人類の自滅を前提として考えることはできないと思う。どう考えるか、何を考えるかより先に、考える行為そのものが危機に瀕(ひん)している。我々はいわば、過去からも未来からも疎外された今日に生きているのだ。そんな今日は、考えることをやめた人間には、結構住みいいＮＯＷであるらしいが。

（「草月」一九七三年四月）

楽しむということ

楽しむとはどういうことなのだろうか。悲しみや怒りにくらべると楽しさは分りやすい感情のように思えるので、私たちはしばしば楽しさとは単純なものだと考えがちだ。自分が楽しんでいるかどうかは、すぐに分る。ところが自分が悲しんでいるのかどうかは、自分でも決定しかねることが多い。悲しみには他のたとえば怒りとか、憐（あわ）れみとか嫉妬とかの感情が混りやすいが、楽しさはもっと純粋だと、そう言えるのかどうか。それとも他の感情とちがって、楽しさにおいては、人間は自分をいつわることが少いのであろうか。

楽しいと言ってしまえば、そのあとにはもう余分な言葉や説明は不要なように思えて、そのことで楽しさというものが、何か底の浅いもののように思えることがある。悲しいと言うと、人間は悲しみのわけを詮索したくなる。それは私たちが悲しみをいやしたいと願うからなのだろう。それと対照的に楽しさのわけを私たちは余りたずねたがらない。

楽しければそれで結構じゃないか、楽しさは長つづきするにこしたことはないのだから、出来るだけそっとしておこうというわけなのだろうか。自分が楽しい時は、その楽しさにかまけてものを考えないし、他人が楽しそうな時は、いささかの羨望からその楽しさに無関心になる、そんな心の動きがあるような気がする。そのおかげで私たちは、楽しむということのもつ、さまざまな陰翳（いんえい）をとらえそこなうことがありはしないか。

うまい物を食う楽しさがある、好きな人と共にいる楽しさがある、ひとりでぼんやり時を過せるという楽しさもある、そして一篇の詩を読む楽しさがある。それらを私たちは均質に楽しんでいるのだろうか。それらの楽しさのちがいを言葉で言い分けることは難しいにしても、少くともそこに微妙な味わいのちがいは存在するだろう。人生を楽しむと一口に言っても、子どもの楽しみかたと、おとなの楽しみかたの間には差があるだろう。理由のない悲しみというようなものがあるとすれば、理由のない楽しさもあるだろう、そのどちらがより深い感情かは断じがたいはずなのに、私たちはともすれば笑顔よりも、涙をたっとぶ。

アメリカ人とつきあうようになったころ、エンジョイ（楽しむ）という言葉に、彼等が私たち日本人よりも大切な意味を与えているらしいと知って、少々奇異な感じがしたおぼえがある。パーティに招かれても、すぐに主人役が近づいてきて、楽しんでいるかと訊（き）く。イエスと答えれば彼は満足するし、帰りがけにこっちが言うお礼の言葉も、楽しかったとひとこと言えばそれで十分なのである。そのエンジョイという言葉は、たとえば一篇の詩の読後感にも、真率なほめ言葉として使われる。パーティも楽しむものなら、詩も楽しむものだというその考えかたに、何かしら少々大ざっぱなものを感じたと同時に、彼等が私たち以上に楽しむことを大事にしているのを、うらやましくも、またいじらしくも思った。

楽しさを口に出せば、その人が本当に楽しんでいるのかと言えば、そうも言えないだろう。他人に伝える必要のない、自分だけの楽しさもあるし、他人とわかちあうことで余計に楽しくなる楽しさもある。日本人がアメリカ人よりも、楽しさを感ずる度合が少いとは思わない。けれどひとつの社会が、楽しむということにどれだけの価値を、暗黙のうちにおいているかということになると、これはまた別の問題になる。

私は比較的自由な家庭に育ったけれど、楽しむということにいつもかすかなうしろめたさのようなものを感じていた。楽しむことはどこかで不真面目につながり、またどこかで子どもっぽさにも通じていた。楽しかった？　ときかれて、うんと答えるのは動物園帰りの子どもには許されるけれど、おとなにはふさわしくない、たとえ楽しかったとしても、おとなはそれを顔には出さぬものだと、そんな風に考えていたようなところがある。楽しさというものは感覚的なものであり、それは精神よりもむしろ肉体にむすびついていて、どこかに淫靡なものをかくしていたとさえ言える。

こういう感じかたがどこからきたのかをさぐるのは、私にとっては容易なことではない。武士は白い歯を見せてはならないという儒教的な伝統が、我が家にも残っていたのかもしれないし、私の母が影響を受けたと思われるキリスト教的な禁欲主義が、目に見えないところで私をしばっていたかもしれない。そうしてまた、宮沢賢治の〈世界がぜんたい幸福にならないうちは個人の幸福はあり得ない〉という言葉に集約されているような、理想主義的な考えかたが、自分だけの楽しみに或るやましさを与えていたということもあったかもしれないし、何よりも戦中戦後の生活の困難が、楽しむということを一種のタブーにしていたと思う。

そういう風に感じる自分に反撥（はんぱつ）するような気持で、肉体が性的に成熟しようとする一時期、私は少しむきになって過去にも未来にも目をつむり、自分ひとりの現在に生きる楽しさを謳歌（おうか）したことがあった。しかしそれでもまだ、私には感覚の全的な解放に対するおそれのようなものがあったようだ。これは私ひとりだけの感じかたであったのだろうか。

今の日本に生きる私たちは楽しむことに事欠かないように見える。楽しむことはおおっぴらに奨励され、楽しむための技術はさまざまに工夫され、それは人生の唯一の目的であるかのようにも装われている。それが単に楽しみを売る商業主義の結果だけでないことは、反体制的な若者たちもまた、物質に頼らぬ質素な生活の楽しみを求めてさまよっているのを見ても分るだろう。

だがその同じ私たちが、一篇の詩を本当に楽しんでいるかどうかは疑わしい。詩に限らず、文学、芸術に関する限り、私たちは楽しさよりも先ず、何かしら〈ためになること〉を追うようだ。楽しむための文学を、たとえば中間小説、大衆小説などと呼んで区別するところにも、自らの手で楽しむことを卑小化する傾向が見られはしまいか。感覚の楽しみが精神の豊かさにつながっていないから、楽しさを究極の評価とし得ないのだ。楽しむことのできぬ精神はひよわだ、楽しむことを許さない文化は未熟だ。詩や文学を楽しめぬところに、今の私たちの現実生活の楽しみかたの底の浅さも表れていると思う。悲しみや苦しみにはしばしば自己憐憫（れんびん）が伴い、そこでは私たちは互いに他と甘えあえるが、楽しみはもっと孤独なものであろう。楽しさの責任は自分がとらねばならない、そこに楽しさの深淵（しんえん）ともいうべきものもある。それをみつめることのできる成熟を私たちはいつの間にか失ったのだろうか、それとも未だもち得ていないのだろうか。

（「新潮」一九七五年一月号）

水の連想

「たとえば水ということばは昔も今も同じものを指しているわけだ」

「しかし、昔は水は〈ミドゥ〉と発音したそうだね。近ごろじゃ〈ウォーター〉と言わないと水をもってきてくれない所もある」

「だからといって、水が水素と酸素からできてる事実が変わったわけじゃない」

「山奥の清水の水と、大都会の水道の水じゃ味も冷たさもずいぶん違うけどね、それらを区別することばは生まれていない」

「水ということばを聞いて、心の中にひきおこされる連想というのかな、英語でいうコノテーションはずいぶん変わってきているだろうな。水が神だった時代もあるだろうし」

「昔は水力発電なんてものもなかったしね。今じゃ水というとすぐ汚染を心配するようになってるけど」

「それでも〈水くさい〉とか〈水に流す〉とか〈水入り〉とかいう成句は今でも生きている。こういうことばは、水の少ない砂漠の国なんかではきっと生まれなかったろうな」

「水に対するわれわれの連想がどんなに変わったにしろ、水がなくては人間は生きていけないという事実に変わりはないのだから、水ということばも変わっていないと考えていいのだろうか」

「いややはりコノテーションが変わっている以上、文字は同じでも、水ということばは変わりつつあると考えたほうがいいんじゃないか」

「そうすると、変わらないことばなどというものは、存在するのかね」

「ことばを単語の意味にとれば、すべてのことばは変わるだろうと思う。しかし、ことばをたとえば日本語というひとつの言語組織を指すものととれば、ことばというものは見かけほど変わってはいないと思うね」

「つまり文章の構造だね」

「そう、たとえば、私、あなたなどの主語を明確にしないというような日本語の特色」

「それはそのまま、我々日本人の精神構造、社会構造をも表わしているわけだ。明治以後、西欧的概念が漢語に翻訳されて大量に輸入され、そのおかげで日本語はずいぶん変わったわけだけど、我々自身はことばほどにも変化はしていない。それは横文字のはんらんするこの現代日本にもあてはまるな」

「結局我々は、自分たちの生活に根づいていない抽象的なことばをふりまわして、生きることの実体をとり逃がしているんだ」

「たしかにそういうことも言える。変わるのは表面で、変わらないものはそのもっと奥にある。変わるものは意識しやすいが、変わらないものには自分でも気づきにくい」

「でも、ことばが変わることで、あるいはもっと積極的にことばを変えることで、人間は意識を変えてゆくことができる。ひとつの例だけど、我々は目上の人間に対しては〈あなた〉という二人称を使わないね。〈先生〉とか〈課長〉とか〈××さん〉というふうに三人称で呼びかける。ところが近頃、親や教師に向かっても〈あなた〉という若者たちが出てきた」

「馬鹿にしているといって怒る人もいるだろうな」

「タテワリ社会と呼ばれたりするが、日本では西欧的な意味での個人対個人の対等の関係が保ちにくい。〈あなた〉と呼びかける若者たちは、親子、師弟、上下などの関係を〈あなた〉と呼ぶことで問い直そうとしているのだと見ることもできる」

「つまり英語のユウをもちこもうっていうわけだ。ユウがはっきりしてくると、アイ〈私〉もはっきりしてくるかもしれないな」

「けれど〈あなた〉はいいが、〈お前〉になるとこれはどうだろう。あまりに情念的なものが出てきすぎて、論理的なものが後退しそうなおそれを感ずる」

「敬語的表現が少なくなってゆくのは、ある面で歓迎すべきことだが、人間と人間の関係には、やはり節度が欲しい」

「社会を成り立たせてゆく秩序としての礼だな。そこには思いやりとか、優しさとかも含まれてくる」

「きまり文句化した敬語表現とか、形式化した礼儀作法ではかえってそういう根本が忘れられていることが多い。〈あなた〉という呼びかけは、ことばと意識を変えてゆくことで、むしろ固定化した人間関係を打ち破り、その底にある変わらないもの、変わるべきでないもの、つまり思いやりとか優しさをよみがえらせようとしているのだと考えられないだろうか」

「現象的には〈変わる〉と見えているものが、本当は〈変わらない〉ものをめざしている――一種の軌道修正かな」

「ことばに限らないが、我々は変わるものに目を奪われやすいんだ。とくに西欧的な進歩の概念は新しいということ、変わるということをそれだけでひとつの価値のように考えてきたようなところがあるからね。だけど変わるものは抵抗の少ないところでまず変わる。変えたいと思っても容易には変わらぬところこそ、我々の現実に近いんだ」

「ことばが変わったからって、実体が変わったわけじゃないと、そう思ってたほうが無難なようだな」

「見せかけの変化に眩惑(げんわく)されると、変わらないものまで変わったように見えてきてしまうが」

「だが、その変わらないものとはいったいどういうものなんだろう」

「たとえば、人間は不死ではない。人間はひとりで生きてゆくことはできない。そういう基本的条件が我々を人間にしている」

「変わらないものは、人間の論理でとらえきれるものではないんだね。それは人間を超えたものだ。だからそれを信じて、受けいれるほかないと思う」

「こんなにめまぐるしい世の中では、変わらないもののイメージを見失わないようにするだけでも大変だ。まして、それを生きて、日々の生活の中で守ってゆくのは、ひとつの戦いだといってもいい。だが人間にとってもっとも大切な徳は、いつの世にもいのちがけで守られてきたのだと思う」

「生きものは育ち、老い、死ぬ。原子は分裂し、星々もあるいは爆発し、あるいは冷却する。たしかにものみなうつり変わるんだ。だが変わるものの奥に秩序があるとすれば、その秩序は変わらぬものにむすびついている」

「それを発見してゆくのも、ことばによってだ」

（「ひろば」一九七三年秋）

日本

白い御飯にちりめんじゃこをのせて、その上にもみ海苔（のり）をかけて、あつあつの番茶を注いでさらさらとかきこむとき、しみじみ日本人だなあと思う、なんていうのはうそだと思う。そんなことを言い出したら、フランス・パンをかじってるときには、フランス人にならなきゃいけないし、杏仁豆腐（あんにんどうふ）を食べてるときには中国人にならなきゃならない。ましてや酔いざめに冷い水がおいしいときに、自分を何人だと思えばいいのか。

だがジーパンにストーン・ウォッシュの革ジャン、スニーカーはいてペーパー・バックを読んでいても、その中身はまぎれもない日本人であって、それは彼のリーゼントの頭上に桜の花がはらはらと散りかかる必要すらない事実だろうし、彼がお正月ににわかに羽織袴（はおりはかま）に威儀を正したとしても、その日本人度が増加するものでもあるまい。

ハンバーグを食べていようと、もりそばを流しこんでいようと、ほりごたつに座っていようと、ハーマン・ミラーの椅子にかけていようと関係ない。素裸で棒立ちになっているときでも日本人は日本人で、それは私たちが日本語のただなかに生まれおち、日本人同士の人間関係にしばられて、しかも頼って生きていれば、どんなにあがいたってそうなってしまうのではあるまいか。今の世の中なら金髪碧眼の日本人もいるであろうし、逆に外見からはどう見ても日本人である外人もいることが、余計ことをややこしくしているが。日の丸という簡明きわまる国旗をもっているせいか、日本人は単純素朴を美徳とする傾向からなかなかぬけられない。よその文化圏と地つづきでないことが、われわれの血を比較的純粋に保ってきたし、またわれわれの言葉を通じやすいものにしてきた。「どうもどうも」と言いあって、あとはとりたてて言葉にしないでもすむような人間関係がいいのだという幻想は、徐々に崩れつつあるけれども、コマーシャルが「おかあさーん」と叫べば、それだけで味噌の売り上げが増加するなどという現象は、精神分析医や文学者が一生かけても解明することが難しい底の深いものをかくしている。

日本論や日本人論はそれぞれにわれわれをぎくりとさせてくれる何行かをもってはいるが、ぎくりとしただけでわれわれががらりと変れるものでもない。こたつに足を突っこんで、テレビを横目で見ながら日本人論を読むのはやはり少数の人間で、彼等の意識は相変らず日本のほんの上っつらを撫でているに過ぎない。むしろ自動車やヴィデオレコーダーが売れたり売れなかったりすることのほうが、目に見えぬところで日本と日本人を変えてゆくことだろう。

写真にうつってしまった家や人々や風俗や場所のたたずまいは、見ていて飽きない多彩な豊かさだが、それを見るわれわれの内面は案外画一的なのかもしれないという疑問が頭をかすめる。他の文化圏の人々には複雑怪奇と思えるものを、われわれは平然としてかかえこみ、それを楽しんですらいる。その心性の底には虫の声や竹藪（たけやぶ）をわたる風やまんまるいお月様を見たり聴いたりして、どこかでむずかしい現実のつじつまを合わせてしまおうとする、一種の詩心のようなものさえある。われわれの誇る富士山はかつて神国日本の象徴であり、それから民主日本の象徴となった。国歌や国旗を変えろという人々も、富士山を爆破しろとは主張しなかった。だが時代の流れにも不動であるかのように見える富士山も時の流れには勝てず、徐々にその山容を変えつつあるし、近く噴火するという説もある。そしてわれわれの心のうちには、それをひそかに期待する気持ちもかくされている。

人間という生きものが不可解である以上、日本人もまた不可解であるのはあたり前の話であって、われわれの不思議さはたとえばブッシュマンの不思議さ以上のものでも、以下のものでもないだろう。そう考えて、その不思議さのドラマを平気で生きていたいと思うが、好奇心のおもむくままにあれこれと比較考量するのもまた捨てがたい。だが、日本・日本人にいくら自意識を働かせようとしても、それをする道具が日本語である以上、どこかで堂々めぐりをしかねないとも言える。

写真が言葉に頼らず気ままに切りとってきたイメージは、夢にも似て、われわれの深層に働きかける。それは一種の鏡でもあるはずだが、われわれはそこに自分を見るよりも、むしろ他人を見たがる。自分を棚にあげるその子どもっぽさに、われわれの活力の源があるのかもしれない。

（『大峡亜樹緒写真集・日本』序文　一九八三年五月）

自分の顔

自分を美男だと思ったことはない、と言って醜男（ぶおとこ）だと思ったこともない。近ごろ友人たちにいい顔になったなどとひやかされるが、信じ難い。四十すぎたら自分の顔に責任をもてという俗説にも私は与（くみ）しない。顔というものは骨格や肉づきなどの静的なものではなく、生きて動いていて、刻々に変化する表情だと考えている。どんないい顔にも、醜い表情の浮かぶことはあるだろうし、その逆もまた真ではないだろうか。

こんなむずかしい世の中で、自分ひとりいい顔をしてる人がいたら、その人はエゴイストなんじゃないかと思う。むしろ陰惨な顔をしてる人のほうが、信じられる。眼は血走り、下まぶたには脂肪をため、頬はそげ、時おり自分の顔を鏡で見て、ぎょっとすることがある。だが鏡ではなく他人にむかうと、そんな顔でも和むものである。他人の顔を見ていることで、きっと私は孤独から救われているのだろう。

正面よりも横顔がいいと言ってくれる人が多い。和田誠（わだまこと）さん、杉浦範茂（すぎうらはんも）さんは似顔絵を画いた時、横顔を画いてくれた。山藤章二さんはそうではなかった。もちろん恨みはしない。はたちのころ、初めて買った写真機で撮った自写像にくらべれば、はるかに人間らしかった。数年前から細い鉄ぶちの老眼鏡をかけるようになって、これは自分では意外に似合うと思ってる。けっこういろいろ迷って買ったのである。

（「幼児と保育」一九八〇年五月号）

本屋さん

父親が大学教師だったので、子どものころからぼくは本の山の中で育ちました。本は買うものというよりは、初めからそこに在るものだと思っていたようです。ですから、本屋さんで本を買う楽しみを、あまり感じなかった、従って本というものの有難味も知らなかったと言えるかもしれません。不幸なことに現在も事情はほぼ同じで、著者や出版社からいただく本を消化することすら覚束（おぼつか）ない、家中があれよあれよという間に、本の洪水に襲われてゆくのを、どうすることもできずに見守っているというのが、いつわらぬ実感です。

そういう人間にとって、本屋さんは愛憎あいなかばする、いわば地獄と天国のまじりあったような不思議なところです。一歩中へ入れば、欲しい本、読みたい本が山積している、けれどそれらを全部買いこんでいては、ふところよりも先に、近ごろますます乱視、老眼の度を進めつつあるぼくの眼のほうが参ってしまう。それを思うと、かずかずの目を奪う美しい新刊本の山がむしろうらめしくも思えてくるのです。

それに加えてもうひとつ、ぼくも物書きのはしくれですから、本屋さんは自分の本を売ってもらう大切な商売仲間でもあるわけです。作者と本屋さんとは、一種の運命共同体的なきずなでむすばれていて、そこにはあるやましさのような感情まで含まれてくる。言ってみれば、共犯者的な親しみなのでしょうか。

もっとも、そこまで深く本屋さんと自分とのつながりを意識するようになったのは、わりあい最近の話です。具体的に言うと数年前に、草思社という出版社から『マザー・グースのうた』という訳書を出してからで、この本はぼくの一生の最初で（そしておそらく最後の）ミリオン・セラーになったのですが、そのときに出版社をなかだちにした、いわゆるサイン会、ブック・フェアなどを通して、本の小売店の御苦労というものを、初めて身近に感じたのです。

同時にまた、売れる本は大事にされる、売れる本の作者はちやほやされるという、商業の冷徹な原則を知ったというのも事実で、ぼくがかつて抱いていた本屋さんのイメージはいささか修正を余儀なくされました。つまりぼくは書店という言葉よりも、本屋さんという言葉のほうに親しみを感ずる世代のようで、いわゆる大型書店の便利さは承知の上で、町の本屋さんとの小さな人間的交流を好むというようなところがあります。

東京・杉並（すぎなみ）のぼくの家に近い「書原（しょげん）」は、一昨年だったか売場を大きく拡張して、少々書店ふうになりましたが、幸いなことに店の人たちとの交流は失われていません。小さな出版社の少部数の本でも、いやな顔ひとつせずとってくれますし、そのときどきの新刊書にくわしい人が何人かいてくれます。そして何よりも、朝から晩まで本や雑誌の荷解きや整頓に汗を流している店の人たちの姿に、じかに接しられるのが、ぼくにとってはいい薬なのです。

子どものころに抱いていた本屋さんのイメージ——ちょっとうす暗い店の奥で、主人が猫をひざに抱いて居眠りしている——は、当然失われましたが、それに代って、われわれ物書きの頭の中の幻が、本という物に代り、それが他の人々の生活の中に入ってゆく過程で、どれだけ多くの力業が要求されるかということは、ぼくにも少しずつ分ってきました。

出版界に、いまいろいろな難問題が山積しているのは承知していますが、人類が手にした印刷というメディアは、考えてみるとまだそう古い歴史をもっているものでもないようです。その広大なメディアと個人をつなぐ接点としての本屋さんは、やはりコンピュータ・ターミナルとはちがう、人間くささをもっていていいのではないかと、ぼくは考えています。

（「日販通信」一九七八年十二月号）

あとから生まれたもの

子どもってなんだろうと考える。すでにおとなである私にとって、子どもはまず第一に他人である。小さいけれどもれっきとした一個人である。彼または彼女が私よりあとにこの世に生まれ出たのは偶然にすぎない。たまたままだ子どもであるひとりひとりの人間がいるだけの話で、子どもという名の別の種族がいるわけではない。つまりおとなと全く同じように、子どももひとりひとりちがう。子どもだからとたかをくって、ひとくくりにして考えるのはどうかと思う。

いったい何歳までを子どもというのか。生まれたばかりと成人式直前とではくらべようもないくらいちがうだろうし、第一はたちを過ぎるとスイッチでも切りかえたように、子どもがおとなに変身するとも考えられない。四十歳の壮年の内部にも子どもはいる、八十歳の老年の内部にも子どもはいる、つまり私の内部にも子どもはいる、だから子どもは他人であるとともに自分でもある。そう考えたほうが子どもを理解しやすくなるのではないか。自分の外部にいる子どもを理解しようとするよりも、自分の内部の子どもに気づくこと、そしてそれをみつめる勇気とゆとりをもつこと、そうすることで私たちはおとなになってゆく。

子どももまたおとなと同じように偏見をもつ、固定観念をもつ。子どもは生まれ出たその瞬間からその時代のその社会の制度の中にいて、知らず知らずのうちにプログラムされている。幼児ともなれば子どもは白紙ではない。子どもがすでにもっている誤った観念、ゆがんだ感受性をディプログラムしてゆくことも教育のひとつの大切な働きだろう。だがそのとき教える側のおとなは、何を基準とすることができるか。ときに子どもたちはおとなよりもはるかに敏感に、自ら正しい道を探りあてる。少なくとも子どもはおとなより柔軟に自分を変えてゆく。

今日ほどおとなが子どもを気にする時代はないのではないか。おとなは子どもの顔色を見て一喜一憂する、市場は子どもの好みを追いかける、すべての人が教育問題を憂えている、おとなはほとんど子どもに頼っていると言ってもいい。自らの社会に自信があれば、おとなは子どもをほっておく、親というよりは社会が子どもをしつけ、子どもを教育するから。おとなが子どもを気にするのは、おとなに未来が見えなくなりつつあるからだ。過保護とは子どもへの甘えではないのか。

子どもは被害者だ、だがその子どもたちがおとなになったとき、彼らは加害者に変わる。私たちが教育しそこなったところから、おとなの予想することもできない新しい生きかたが生まれるかもしれない。おとなは子どもより先に死ぬ。いくら文句をつけたって、いつの世にもあとから生まれたものが勝つのだ。

（「はらっぱ」一九七九年夏）

暗さと無力

友人と雑談していて、後生の話になった。

「また人間に生まれかわって、一生を始めからやり直すのなんて真平御免だな」と、私が強い口調で言ったのは、我ながら少々思いがけなかった。その場の気分もいくらかは影響していたのかもしれないが、いま考え直してみても真平御免という気持に変りはない。人並以上に幸運な人生を送ってきた自分が、そう感ずるのはどうしてかと思う。

もう一度人生をくり返すという考えが頭に浮かんだ瞬間に、私によみがえったのは自分の子ども時代の記憶である。具体的に何がどうしたということではないが、その記憶は色で言うと灰色で、自分がどこかに閉じこめられていてちっとも自由ではなかったという、漠然とした感じがある。青年時代をくり返すのはてれくさいけれどまだ我慢できるし、中年になった自分を生き直すのも気は重いが、やってやれぬことはない。しかし、そこに至るまでにまたぞろ子ども時代を通過せねばならないとしたら、これは耐えられそうもない、そんな風に咄嗟の間に思ったらしい。

同じ世代の日本人なら誰もが味わった戦中戦後の生活の苦労を別として、私は子どものころ（そしてその後も）苦労らしい苦労はしていないし、不幸も経験していない。親のしつけが厳し過ぎたということもなければ、ひとりっ子に生まれはしたがことさらさびしかったという覚えもない。私は少なくとも客観的に見れば、欠けるところのない子ども時代を送っている。それにもかかわらず、私は自分の子ども時代を、不幸とは言えぬまでも、あまり楽しいものではなかったと感じている。

もって生まれた気質のせいに過ぎないと片づけてしまえば、私の話は私と同じ傾向をもつ人たちにしか通じなくなる。だが私はそこに単に気質的と言い捨ててしまうことのできない、子ども時代というものの、いささか大げさに言えば、実存的な一面を見るように思うのだ。生まれや育ち、環境や時代の諸条件に支配されながら、どんな子どもにも子どもであるが故の共通の苦しみがあり、それは子どもであることの幸せと表裏をなしているのではないか。

子ども時代をなつかしむ人は多い。それを人生の黄金時代であったかのように言う人々もいる。子どものころは無邪気だった、子どものころはすべてが新鮮だった、子どものころは欲望にわずらわされることもなかった、子どものころは自由だった――そういう自分の子ども時代への思いが、一般化されて子ども礼讃にむかい、また或る時は自分の子ども時代に比べて今時の子どもはという形で、現在の子ども批判に転化される。そういう意見にはもちろん真実も含まれているけれど、そこにはまた子どもを過度に美化し、理想化するというおとなのおちいりやすい感傷的傾向も含まれている。子どもをもちあげるその返す刀で、おとなをけなすという発想はあとを絶たないが、それは子どもを何か特殊な非現実的な存在とみなすことにつながりはしないだろうか。おとなになってから感じた幻滅や失望が、私たちを子どもの美化、理想化に駆るのだとしたら、それはおとな自身の弱さを示すに過ぎないだろう。

子どももまた人間である。おとなよりももっと不完全な人間である。すなわち子どもはおとなに比べて、よりけものに近いと言えようか。けものの肢体を見ていて、人間よりも美しいと感ずることがある。またその行動を知って、人間よりも高貴だと思うことがある。だがそれは真理の一面に過ぎない。子どもを礼讃することは、けものを礼讃するのに似ている。それは私たちが自身を反省する契機とはなり得ても、それがそのまま全体的な評価にむすびつきはしないだろう。

子ども時代をふり返ると、私は何よりも先ず一種の暗さを感ずる。そして次に無力感とそこから生じるいら立ちのようなものを思い出す。暗さは、未分化なせまい意識と言いかえてもいいと思う。今の自分がところどころに晴れ間のある霧の中を歩んでいるとすれば、子ども時代の自分は一寸先も分からない濃い霧の中にいたと私は感じている。

たしかに子どもには子どもなりの世界認識があって、それがたとえば詩や作文のような形であきらかにされると、おとなはその面白さに驚いたりするけれど、子ども自身は自分の認識に安住しているわけではない。むしろ不安を感じているのだ。つまり子どもは、自分に充分周囲が見えていないということを知っているのだ。

自分たちの知らないことをおとなは知っている、おとなは何か秘密をかくしていると、子どもは思う。その中心に性的なものがあるのはたしかだが、それだけではない。子どもはこれから自分が知るであろうこと、知らねばならぬことに対して、期待もするが、同時に怖れも感ずるものだと思う。意識の面でのそういう暗さは、行動面での無力感と対応している。

子どもは多くのことを禁止されている。自分の意志に従って行動する自由もないし、勝手に使える金もない。たとえ自由や金があっても能力が伴っていない。子どもは自分の行動半径に自足しているのかと言うと、そうも言えぬと私は思う。子どもにはもしかするとおとなよりももっと熾烈な夢があって、それがかなえられぬことに意外に大きな抑圧を感じているのかもしれないのだ。子どももおとなが思うほど自由ではないのだ。

私の言っていることは、おそらく児童心理学の分野ではすでに論じつくされているようなことかもしれない。私は自分の経験にもとづいて、子どもが不断におとなになりつつある存在であるということ、おとなが感ずるであろうことなら、そのほとんどを子ども感じているだろうこと、そして自分の感じたことを子どもはおとなの思っている以上に、隠しているものだということを言いたいのに過ぎない。そうして、おとなが感じていることも、結局は子ども時代に感じたことの延長にあるのではないだろうか。おとなになってから感じたどんな恐怖も、子どものころに感じた母を失う恐怖よりも強くはないと私は言うことができる。その恐怖を今の私が克服し得ているとしても、それはおとなになった私の人生観を、もっとも深い所で支えている原感情のようなもののひとつなのだ。子どもはささいなことが理由で泣くとおとなは笑うけれど、その悲しみの深さは理由に関係がないのだ。自分も他人も制御することができなかったから、私は子ども時代を一種の暗黒時代のようにも思うのである。

（「ひろば」一九七五年春）

おとなの中の子ども

子どもであることという主題に、私はいったいどうすれば近づけるのだろう。一見何気ないこの主題に、どこか私たちを疎外するようなひびきがあると感ずるのは、私の感じすぎだろうか。子どもであることのリアリティをほんとうに感じているのは、子ども自身をおいてない。ところが子どもには、子どもであることがほんとうはどういうことかを、十分に表現する能力がない。そして、その能力をもつことのできたおとなは、すでに子どもではないのだから、子どもであることを自分の記憶や、子どもの観察、そして何よりも想像力にたよって探ることしかできない。その過程で私たちおとなは、どんなに多くの誇張や誤りをくり返すことだろう。じれったい、と私は思う。

子ども——と一口に言うとき、私たちは知らず知らずのうちに、子どもたちをひとつの無人格的な群として考えているのではないかと私はおそれる。たとえば私たちは初対面の他人に会うとき、その人をおとな一般というふうには考えない。この人はどういう人だろうか、他人の立場に同情できる人だろうか、どんなことに興味をもってるのだろうか、いっしょにうまく仕事ができるだろうか……不安とともに期待をいだきながら、私たちはその人を無意識のうちにひとりの個人として考えている。だが、相手が子どもである場合、私たちはともすると、たかをくくる。その子が子どもなりにすでに一個の個性を育てつつあるのだということ、その子もまたその子のものでしかない運命を負った存在であるということを私たちは忘れがちではないだろうか。かわいらしい、あどけない、正直だ、ふつう子どもの属性と考えられているそんな先入観にしばられて私たちは子どもに語りかけ、時に裏切られると、あの子は子どもらしくないという一言で、断罪する。私たちはひとりの子どもを人間としてよりも、ペットとして扱うような傾向にある。

たしかに生まれたての赤んぼうに、人格と呼ばれ得るようなものはないかもしれない。だが人間は、生まれ落ちたその瞬間から、一個の人格をもつ存在へと歩み始めているのだ。そうしてその人格を形成する上で、私たちおとなが子どもに対してはかり知れぬほど大きな影響を与えるということは、誰も否定できないだろう。自分の行動に責任を負う能力をもつおとなの人格とまだその能力をもたない子どもの人格とが、おのずから異なることは言うまでもない。しかし、責任というその一事をとりあげてみても、子どもに責任の何たるかを教えるには、私たちおとなが先ず子どもをひとりの小さな人間として遇してゆくことが必要だろう。

それは決して悪意からではなく、むしろ善意から子どもの人格を認めようとせぬこと、それは子どもを甘やかすことにつながる。だが反対に子どものうちに独立した人格を認めすぎることもまた、子どもを甘やかすことになるのではないか。かわいらしさ、あどけなさ、正直等々が子どもの属性であるとしたら、ずるさ、わがまま、他への依存等々もまた子どもの属性である。いわゆる美徳と悪徳とがほぐし難くもつれあってひとつの人格をつくっているという点では、おとなと子どもに大きなちがいはない。子どもを一個の人格として遇するということは、子どもの意志を無条件に通すということではないのは当然だ。

子どもであることはおとなであることと同じく謎に満ちている。たとえ法的には未成年と成年との間に一本の線がひかれているとしても、おとなである私たち自身の中に幼児性とも言うべきものが残っていることを、私たちは日々自覚せざるを得ない。そういう自覚が子どもにはない以上、それもまたおとなを子どもと分かつひとつの目安にはなるかもしれないが、一方私たちはまた、老年に達した成人がしばしば子どもに帰ったとしか言いようのない状態になるのを見て驚くことがある。それを病的な状態だとわり切ってしまうことが果たして正しいのかどうか。私はむしろそこにも、おとなの中に一貫してかくされている幼児性のしぶとさを見るように思う。

初めに述べたこととの矛盾をおそれずに言えば、私たちは自分の中に秘められ、抑圧されている子どもを発見しつづけることで、子どもであることへの想像力を働かせ、同時にみずからを成熟させてゆくのだとも言えようか。〈汝自身を知れ〉という古い格言の意味はここでも生きている。子どもたちを客観的にみつめることも必要だが、それ以上に自分自身をふり返ることで私たちは子どもであることのリアリティに迫り得ると私は思う。

その意味では、子どもに対するしつけも、おとなにとって常に自分自身への問いかけを含んだものである。これまで信じられてきた価値が徐々に崩壊し始め、私たちひとりひとりが人類の進むべき方向を模索しているこのような時代にあっては、既成の社会秩序を守るという意味でのしつけは、疑われてしかるべきだろう。だが、おとなが望む望まないにかかわらず、子どもはしつけを必要とするものであり、しつけを通して人間にとって基本的な社会のルールを教えることは、おとなの子どもに対する大きな責任である。

子どもには可能な限りの自由を与えてやりたい。だがその自由とはつきつめて言えば、子どもが自らの信ずる価値に従って生きることを選択できる自由だろう。その選択の基礎になるものが、虚無であるとしたら、果たして子どもはその重荷に耐えられるだろうか。否定されることを覚悟の上で、おとなは自分たちの信ずるものを子どもに向かって示すべきだと私には思われてならない。どんな深刻な不信を口にする人間にも、その裏側にたとえわずかではあっても、何ものかへの信があるはずである。そうでなければ、人間は生きてゆけるはずがない。

路傍の一本の野草にも名があるのだと教えること、それもまたしつけのひとつだろう。しつけとは単なる禁止のみを意味しない。それを知ることが生きる歓びにつながる、そしてそれを教えることもまたそうだという自覚がおとなの側に必要ではないだろうか。その過程で私たちは迷いもするけれど、また多くのことを知りもする。自分をみつめることで子どもを知り、子どもをみつめることで自分を知る、そのいきいきした関係の中に子どもとおとなをむすぶ生命の流れがあり、そういうことは、事新しく私が言い出すまでもなく、古今東西の人間が日々の生活の中で、おそらく自然の営みの一部のように実行しつづけてきたのだろうと思う。

（「ひろば」一九七五年秋）

二元論

若いころ私は、一夫一婦制を狂信的に信じていて、一夫一婦制をつらぬき通すためなら、浮気はおろか離婚すら辞さない覚悟だったのであるが、中年に達してだんだん考えが変わってきて、凸と凹、オスとメス、男と女という二元論をもとにして人間社会を考えるより、男も女もひとりの個人であるというところから出発したほうがいいのではないかと思うようになった。これは私の性欲のおとろえと関係があるかもしれない。

人間にはどうも、男女はちがっているほうがいいという気持ちと、男女はおなじでありたいという気持ちの両方があるようだ。性の観点からすれば、ちがっているほうがおたがい魅力的だし、社会ということを考えれば、おなじでなければ差別が問題になる。そこのところのかね合いはむずかしいと思う。男女の別が小さくなってゆくことで、人類の性的エネルギーが全体的に低下するのは、人口爆発を防ぐ上ではプラスになるかもしれないけれど。

地球上のほとんどの場所で、いわゆるオトコ社会がだいぶ長くつづいてきたから、そろそろオンナ社会になるのもわるくないと私は思う。でもその社会は、オトコ社会とはちがう制度にしたい。男と女の役割がひっくりかえるだけではつまらないし、男女が均質化するのも退屈だ。いままでとはちがうちがいかたで、男と女はやはりどこかちがっていたいと思うのだ。

（「朝日新聞」一九七八年十二月十九日）

女へむかう男の心

私は男だから客観的に女を見るということができない。客観的に女を見ようとしたら、中性になるしかないのだが、人間は洗剤ではないから中性であるわけにはいかない。男っぽい女、女っぽい男、両性具有、いずれも中性とはちがう。しわくちゃのじじばばになったら、それぞれの性から自由になれるのではないかというのも、私たちのいだくはかない幻想のひとつにすぎないということは、老人ホームなどにおける恋のさやあてが証明している。

生まれてから死ぬまで女は女、男は男でありつづけるというのは、困ったことではあるが大変嬉しい。男が女を不思議がり、女が男にまどわされるという事態は、性転換手術によっても改善することはできそうにないようだ。私の存じあげているさる女優さんは、一人息子が思春期にさしかかったころ、彼に女とはいかなる存在かを教える責任を痛感され、いっしょにお風呂に入った折、息子の目の前で裸身を一回転させて〈これが女よ〉とおっしゃったそうであるが、解剖学にかかわる女の定義は残念ながら私たちにほとんど何も解明してくれない。

だから女の顔を穴のあくほどみつめてみても（あるいは女の穴を顔が赤らむほどみつめてみても）、女は解ってはこないのである。そういう無益であるが故に切実な行動によって、かえって男どもは女に迷いこむ。迷いこんだその先に出口はないのだから、これはどんなによくできた迷路よりも楽しめる。それなのに面妖なことに、生身の女の顔なら言うまでもなく、黒白の印画紙に定着された女の顔を眺めていても、男はためらいもなく好き嫌いを表明することができる。これはたとえばモネよりマネが好きというような、造型上の好悪とはいささかちがった次元の事柄であるようだ。

会ったこともない女の顔を、それも一瞬の表情を見るだけで、その女の性格やら心けやらが分かるはずはないのだから、まるで闇夜で鉄砲を射つかの如き選択だろう。それなのに男は誰に頼まれたわけでもなく、女の顔を選びつづける。きわめて主観的なその種の選択はしかし、人類が存続してゆく上で欠くことのできぬ営みなのである。そこで恋が生まれるのだし、またもし恋が生まれぬとしても、敵意とか軽蔑とか憐愍とか私たちの感情を豊かに味つけしてくれる情緒に恵まれる。

女にとってもその間の事情は多分似たようなものだろうから、とたかをくくるのは私がまだどこかで人間という男でも女でもない存在、というよりひとつの観念を信じている証拠なのだろうが、とりあえずその点においては女と男は同じでないにしても、似ていると考えることを許してもらいたい。つまり女も男の顔をあげつらうのだとすれば、女と男は顔をむすびめとする複雑きわまる感情のマトリックスによってがんじがらめにされていると言えようか。古今東西の恋愛小説がそのことを手を変え品を変えて描写してくれているが、そこから有益な教訓をひき出した者はひとりもいない。

いわゆるフェミニズムなる運動が試行錯誤をくり返していて一向にらちがあかないのも、男と女という解剖学的には単純明快な性の差異が、私たちをそういう解き難い感情の網の目のうちに投げこむからである。その流動する感情のもつれは、痴話喧嘩の対象になると同時に、心理学の対象ともなり、後者が前者ほどにも有効ではないことが分かってからは、私たちはさらに危険を冒して深層心理学と称する領域にまで突入している。

魂という一時はすたれかかったかのように思われた語がふたたび一種の後光をおびて復活してきているのも、この世に男と女がそれぞれの顔を突き出して存在しているからこそであろう。高価なCTスキャナーが、そこでは貧乏詩人の書く詩句の一行にも如かないのは、まだSFの世界には住みたくないと考えている者にとっては喜ばしい時代錯誤である。

たとえば人っ子ひとりいない野っ原を傾きかけた陽が黄金いろに縁どりしているというような景色を見ると、なんともやるせない気持ちになるのは、詩人も銀行の貸付係も同じだろうと思う。そんなときの心の動きは、男の場合どこかで女へむかっている。なにも遠くの丘の形がお尻に似ていなくともいいし、その場所で恋人とおにぎりを食べた思い出がある必要もない。何か決していやされることのない憧れのようなもの、美しい自然は女の姿形と同じようにそれを喚起する。

ロマンチシズムという一昨年の名画カレンダーのような語で表現されている魂の状態は、いくら時代おくれとさげすもうとも、いくらその呼名を新しくしようとも私たちについてまわる。欲望と言って直接すぎるならば、女と男の間に働く親和力が、万有引力と同じく宇宙の法則にのっとっていることを、それは私たちに教えてくれる。そのどうしようもない感動は男に女そのものを突き抜けてその背後の自然の真実の姿を垣間見させる。

私たちがもし神仏のように不死なる存在であれば、ロマンチシズムはありえないだろう。気づかぬうちに死を予感しているからこそ、男は体を通して女の魂に入ってゆこうとする、それは悠久の自然と一体になりたいという欲望の、束の間のあらわれなのだ。女と男の間のどんないやしいいさかいの底にも、その種の感動がひそかにかくされているとすれば、私たちは六畳の貸間にくりひろげられるにんにくくさい日常の散文を支える詩から逃れることはできない。その詩からは言うまでもなく香水など匂ってこない。顔というものがすでに、散文と詩の交錯する場なのである。解剖学を援用すれば頭蓋骨にだって個性はあるのだろうが、顔は単に骨に筋肉と皮膚が張りついたものではあるまい。退屈きわまる無表情も、何かを放射している。誰が造ったのかは知らないが、それは夕陽に輝く野っ原を造ったのと同じものによって、この世に出現したのだ。野っ原が放射するものを名づけることができぬと同様、女の顔が放射するものを男は名づけることができない。ただ無限に魅きつけられるだけだ。

異国の女たちはその大きな眼や、高い鼻、強い線を示す顎によって、ジャック・プレヴェールがうたったように〈私は私よ〉と主張しているが、その顔もまた彼女等の喋る言葉と同じく、個性を支えるより広く深い有機体に根を下ろしている。

男は精子という肉眼では見わけることもできぬものを、わずか数秒のうちに自らの体外に排出する。束の間の快楽とひきかえに男は体内に宿る生命の源をいともあっさりと捨ててしまう。それにひきかえ女は九か月余の間、生命の実体をかかえこむ。しかもその実体は初め自分自身でありながらやがては胎内で自己ではない一個の他者へ育ってゆき、ついに一声高く叫んでこの世の渦へと身を躍らせるめざましい実在である。

その明確な事実、あるいは少くとも可能性が女と男を分かつ。いかに平等を叫ぼうとも、いかに差別を歎こうとも、女と男の差異を個々人の性格の差異に還元してしまうことはできない。女と男は同じであるとする中性的一元論は、自らの性を怖れるところから、あるいは恥じるところから生まれ、それを抑圧することで終る。ユニセックス、またモノセックスと呼ばれるものは、衣裳(いしょう)や化粧の世界でこそ流行し、それは女と男を数量に還元する現代社会の画一化に対応している。

だがまた私たちのそれぞれの共同体でつちかわれてきた女らしさ、男らしさの観念が眉唾ものであることも否定できない。女だから賞揚される美徳もなければ、男だから許容される悪徳もないと覚悟するほうがいい。女がたとえ血をわけた子であろうと、自らの体内に他者をはらみうる者であるのに対して、男がたとえ血をわけた子であろうと、自らの外にしか他者を認識できぬ者であるというその差異のあまりの奥深さを怖れるあまり、私たちがしばしば人間という幻の存在に頼ろうとするのも無理はない。だが異化よりも同化を尊ぶところに、いきいきしたエネルギーが生まれようか。

英隆(はなぶさりゅう)さんの撮るパリに住む女たちはそれぞれに美しい。彼女たちのほとんどはたじろぐことなく私たちを見ている。一瞬後にはその視線はそらされるかもしれないが、私たちは見られることによって、見返そうとする意志が自らのうちに湧くことを意識する。彼女たちのその一瞬の表情を私たちは無限に深読みすることもできるが、それは私たち自身の感傷をあらわにすることにしかならないだろう。

だから私たちはただ、パリに住もうと東京に住もうと女とはなんと多様な豊かさをもった生きものだろうと、単純に驚歎(きょうたん)していればいい。同時代に生きる者として、男もまたそれに拮抗(きっこう)するだけの豊かな多様性をもちたいと願うのだが、そういう願いはもちろん女のひめている数々の悪に負けぬだけの強さをもっていなければならない。そうでなければ女のひとりはおろか半分だって愛することはできないだろう。

（『フェミニテ・英隆写真集』跋　一九八四年五月）

隣人

私は隣人を大切にしていない。理由はいろいろある。第一に私はいわゆるつきあいというやつが面倒くさくてかなわない。近所はおろか親類ともつきあいがない。年賀状、中元、歳暮のたぐいももらうことはあってもやったことがない。第二に四十年来住みついている土地が、東京の新興山の手とも言うべき所で、下町的な界隈（かいわい）をもっていないし、人情も薄い。第三に私たち世代には、戦争中の「とんとんとんからりと隣組」のいやな記憶がいまだに尾をひいている。防空演習の班長か何かを押しつけられて、べそをかいていた母の顔は子ども心には強い衝撃だった。第四に父の代から物書きである私の家は、向う三軒両隣りの人たちと、余り共通の言葉をもっていない。

私は隣人を大切にしていないが、大切にすべきだと思っている。これにも理由はいろいろあって、第一に自分に身近な所から始めなければ民主主義的な物の考えかた、事態への処しかたは、根をおろさないと私は考えている。道路が通るとか、工場が建つとか、利害の一致する時だけ団結するのも結構だが、利害だけでなく同じ土地に暮している者同士の、共同体的自覚がなくては、私たちの街を、国を、地球を支える足がかりが見つけにくいだろう。第二にたとえば地震とか、物不足とかの非常事態が起った時に、小さな範囲での具体的な情報の交換や協力が必要なのは自明である。第三に近所の人々と共通の言葉をもてないのは、私の思い上りでなければ怠慢である。私には当然友人を選ぶ権利があるけれど、隣人を選ぶことができぬからこそ、その中で自分が試される。第四に……

昔、私が子どものころ隣家との境は生垣で、私はそこの子どもたちとその破れをくぐってゆききしていた。今、生垣は、コンクリの万代塀(まんだいへい)に代っている。隣人を大切にすることを、私はどこから始めようか。

（「中日新聞」）

移動と静止

杉浦康平（すぎうらこうへい）さんが「犬地図」なるものを作っているけれど、これはまことに面白いね。要するに彼は犬が大好きで、立ったまま犬に「こっちへこい」と言う代りに、自分が犬の棲（す）む位置へ移って、犬の生きている世界を図にかいていこうとしてるわけね。匂いの変化とか、輻射熱（ふくしゃねつ）、音、テクスチュアなどの変化をそれぞれ先ず独立してとらえ、それを複合化していこうという試みなんだけど、人間とは背の高さのちがう犬の、視覚の変化を通してだけでも、我々人間が忘れ去っている物の裏側が見えてくると言っている（多木浩二『四人のデザイナーとの対話』新建築社、一九七五年）。

それで思いつくのは、自分がまだ赤んぼうではいはいしてた頃の、移動の感覚ね。床とかたたみとかの物と、全身で接触してるでしょ。視線は遠くへとどかないし、腕の長さってのもないから、世界が目と鼻の先にあって、それは手を伸ばすんじゃなくて、舌を伸ばせばとどいちゃう。で、やたらなめちゃうわけだ。なめた対象の味とか、温度とか、材質の差できっといろいろ快不快を感じて、判断してたんでしょうね。もちろん憶えてるわけじゃないけど。

赤んぼうや動物は、視覚について言うと、大体眼の高さが決まっちゃってて、移動しててもその視点から離れられないわけね。我々成人も肉体的には視点の高さはほぼ一定してるけど、たとえば高架の道路を車で走るとか、飛行機に乗るとかすると、その視点が大幅に変化するし、同時に聴覚とか嗅覚の面でも変化が起る。前にアルベール・ラモリスの風船旅行の映画を見たけど、視覚はヘリコプタアに似ていても、聴覚的には全くちがうのね。下界の人声や羊の鳴き声なんかが聞えてきて、いわば聴覚的にも高度を感ずる。

これはモーターボートとヨットのちがいにもあてはまることだけど、エンジンの爆音とともに移動するってのは、相当に人間の感覚をかき乱すよね。移動はほんとうは無音であるべきだって感じたんだけど。それで視覚の話に戻るけど、視点が変ると空間のつかみかたは全く変る。その点でうらやましいのは鳥ですよ。文字通り鳥瞰(ちょうかん)的に下界を見ながら移動してるかと思うと、次の瞬間には草の間の小動物かなんかを、急降下してぱっと微視的にとらえるわけでしょ。いったい鳥ってのはどんな工合に世界を把握してるのかと思うね。

ぼくなんか飛行機に乗ってるだけで酔っちゃうけど、そういう水平的じゃない、垂直的な移動ってのに興味がある。前にアメリカの或る有名なグラフィック・デザイナーが作ったフィルムで、たしか野原に寝ころがってる一人の男を基点にして、まずどんどんカメラをトラック・バックしてゆく、その男の寝てる地面が遠ざかっていって、町が見え、村が見え、大陸になり地球になり、太陽系になり、とうとう銀河系の外までトラック・バックする、つまり巨視の方向へ先ず行く、そこから今度はまた逆に、どんどんトラック・アップしていって、野原の男に戻り、まだ止まらずに男の体の中に入っていって、皮膚から細胞、ついに原子にまでアップする、つまり微視に徹するというのがあったけど、そういう移動も少くとも想像力の領域ではあるでしょう？

　なんだか話が大げさになっちゃったな。まあ、肉体を伴わない移動ってのは、自由だと言えば自由だけど、ちょっと信用できないようなところもあるな。やっぱりぼくならぼくという一人の人間の肉体の感覚が、根本的には頼りですよね。誰のSFだったかなあ、ジョウンティングというのがあったよね。自分の肉体を念力で瞬間的にどこへでも移動できるというやつ、言ってみれば究極の交通機関だけど、あれの面白いところは、到達した先にその空間を占有してる別の物体があると、それに衝突して死んじゃうという、いわば交通事故の可能性があるってことね。つまりそこに、ジョウンティングのリアリティがある。

　でもそうなるともう移動とは言えないな。移動の過程に移動の面白さがあるんだろうから、たとえばジェット機なんかで旅行すると、時々自分が運搬されてるって感じになる、それもね、初めのうちは空から見る地上の風景が面白かったり、雲海が美しかったりするけど、やはり少々巨視的すぎるって言うのかなあ、自分が空間にさらされてないって感じがする。ジェット機の客室の空間のほうがなんか濃密なんだ、他人がざわざわしてて、ウイスキイ飲んだりして。どんな移動でも人間てのは、自分自身の主観的な空間の中にカプセル化されて動いていくってことはあるけれど、その自分がひきずってる空間と、外の空間との間に摩擦がないでしょ。

多分乗客の意識と、パイロットの意識とは全然ちがってるんじゃないかな。パイロットはジェット機に自分の五感の延長を感じてるはずですよ。だから多分緊張がある。自分が空間をよぎってゆくというね。歩いてても、自転車に乗っても、空気の抵抗ってものが感じられるでしょ、空間をそういう手応えのある実体として受けとめないといけないと思っちゃうんだ、ぼくは。カプセル化された自分の空間ていうのは、なんて言えばいいのか、自分の肉体から放射される意識のオーラみたいなものね、エドワード・ホールが『かくれた次元』で言ってることによると、人間には対人関係において、密接距離、個体距離、社会距離、公衆距離の四つの距離があるそうだけど、そういう自分の空間ののびちぢみみたいなものが、外部空間に対してもあるような気がする。

人間は外の空間に溶け入ってしまうことはできないんじゃないの？　死んでしまわな

い限り。空間の移動には常に時間の移動ってものが重なりあっていて、われわれは常時自分という個体の死へ向って移動してるとも言えるね、空間を移動することがわれわれに時間の感覚を呼びさます。光速に近い速度でロケットで飛んだりすると、人間は年をとらないそうだけど、空間の移動にはいつも速度の問題がつきまとってるみたいだな。歩く、自転車で走る、自動車で走る、飛行機で飛ぶ、みんな速度がちがって、速度によって空間の感じかたもちがってくる。泳ぐのはどうかな、水と空気では粘性がちがうから、これはまたもっとちがうみたいだね。一種、夢の中の移動に似てるな。

ぼくはね、夢の中では飛ぶことができるんですよ、大体電柱くらいの高さをね、手を翼みたいにばたばたさせるんじゃなくて、空気をバネにして、トランポリンみたいに跳ねてゆくのね、歩行の感覚の延長で飛んでいる。この移動の気持のいいところは、全く筋肉の疲労がないってところね。そう言えば、疲れずに移動できる、つまり乗り物に乗って移動するってのは、人間の特権だろうな。筋肉を用いずに移動するようになって、人間にとって移動ってことが、ひとつの観念としてとらえられるようになってきたんじゃないかな。体は静止してるのに移動してるってのは、とても快い。すべり台とか、ソリとかのあのすべってゆくって感覚、子どもも喜びますよね、自動車なんかでも似てると思うんだ。体の他の部分にエネルギーや神経を使う必要がないから、たとえば視覚なんかが良く働くことになる。子どもが電車の窓から外を見たがるって、あの感覚だな。

前にも書いたけど、車で高速道路なんか走っていくのは、映画のパニング（移動撮影）の感じね。じいっと見てれば、ワンショットだし、時々眺めれば一種のモンタージュ的な効果も出てくる。これはもうひとつのスタイルだな。麻薬的な感じがあって、ぼくは酒には酩酊しないけど、これには酔っぱらったようになっちゃう。好きな音楽を聞いてるときと同じような時間感覚があるんだ、他のことをみんな忘れちゃって、陶然とする。これには或る一定の速度が必要でね、その速度のおかげで、自分が他の静止してる物からきり離されて、ひどく無責任になれるんだな。

高速道路の設計のほうの用語で、ランドスケイピングというのがあるけど、これは運転者に疲労を与えず、しかも適度の刺戟を与えるように周辺の風景を人工的にしつらえることらしい。ただまっすぐ続いてる道路ってのは運転が楽みたいだけど、意外に疲れて事故が多いんだそうです。道路そのものもわざとカーヴさせたり、上下させたりする。だから均質な空間てのは、人間にとっては辛いんでしょうね。移動の楽しみは変化の楽しみだ。ヨーロッパを車で旅する楽しさは、異った文化圏を次々に渡っていけるというところにあるようですね。

だけど、ぼくにとって移動ってのは常に帰るところがある。今のぼくの現住所、東京杉並の家のあるところが、よくも悪くも中心なんです。そこからの移動、そこへの移動というより、そこが渦の中心みたいな感じ。移動しててもいつもそこを意識してます。

地平線や曲り角の向こうも、気にはなるたちだけど、そこで静止できるって場所がほしいんだな、あとは想像力にまかせるしかないみたいな。別に故郷と呼べるほどのところじゃないけど、まあ故郷もどきね。不十分ながらそこにしか、根の下ろせる場所はないんです。もう一ヵ所、群馬の山の中にもそういう故郷もどきはあるけれど。やっぱりだから、ぼくはどちらかと言えば自分が静止した状態で世界をつかみたいと思ってる人間です。めまいみたいなものは苦手なんだ、動きつづけてると相対的な視点しかもてなくなるような不安がある、農耕民族の子孫なんだね。

空間的にいくら静止してたって、時間的には移動してるんですからね、自分の消滅に向って。そっちの移動のほうがむしろ面白い、その先にも何かあるのかなんて思う。ぼくの空間的なナワバリなんて知れたもんです。じたばたしたってしようがないじゃない。自分が有限だからこそ空間の無限が怖しいし、救いでもあるんだから。犬みたいに、適当にちょっちょっとおしっこして、つつましいナワバリを決めておけばいいんじゃないかな。あれ、話が犬に戻っちゃった。

（「現代詩手帖」一九七五年七月号）

「母の恋文」あとがき

母多喜子と父徹三の死後、遺したものの整理に何年もかかった。これら父母の若いころの手紙も納戸の押し入れの奥からダンボール箱に入って出てきたものだ。こういう手紙がとってあることは母から聞いて知っていたが、まずその分量に驚かされた。大正十年六月から十二年七月の間にかわされたものがほとんどで、封書、葉書、手渡したと思われる手紙を含めて五三七通、電話やファックスのない時代とはいえ、ふたりとも実に筆まめだった。そのすべてを本にまとめることは出来なかった。ここにはそのほぼ四分の一を収めてある。

手紙をざっと読んでみると、息子の目から見てもこれがなかなか面白い。ふたりの感情の移り変わりはもちろんのこと、当時の京都に住む二十代のインテリたちが、何を考え、何に悩み、どんな暮らしをし、どんな映画や展覧会を見、どんな音楽会や芝居に行っていたかというようなことがよく分かる。私的な手紙ではあるし、いくつか他の人々のプライバシーにかかわる箇所もあるけれども、ひとつの時代を振り返るよすがに、これを出版してもいいのではないかと私は思った。

正確にはこれは『父母の恋文』と題すべきものだろうが、私はあえて『母の恋文』という題名を選んだ。父は仕事一本槍の人間でその書き物も多少は人に知られているが、母は父のかげに隠れて一生を終えた人である。だが父に対する母の愛情は、父の母に対するそれよりもはるかに苦しみ多く、深いものだったのではないかと思う。巻末に置いた「三十年後の手紙」にそれはもっともよく現れている。父の一生はその著書や公的な活動を通してある程度たどることが出来るが、母の一生はこれらの手紙を通してしか人には窺えぬだろう。

ふたりが初めて会ったのは大正十年六月三日、ある音楽会の夜だった。父の『自伝抄』（一九八九年中央公論社刊）によると「そのころ私は長田多喜子という女の友だちをもっていた。今の家内で、まだ学校（京大）にいたころ林達夫に紹介せられたのだ。京都の郊外淀に家があり、もともと同志社の女学校で林の妹の友だちであったが、それだけでなく、三木（清）など私の学友たちも以前から彼女を知っており、私は何かのおりにうわさに聞いていた。」

音楽会で会ったあと母は別府から父に葉書を出したらしく、それに対する父の六月二十七日付の返事が残された手紙の最初のものだ。そして翌年の二月十七日には音楽会の夜を思い起こしながら、もう母はこう書いている。「あの晩あなたにお目にかゝったと云ふ事実は、ほんとに偶然なのです。けれど、私が生れてからさがし求めてゐた人は、あなただったのです。他の誰でもありません。」ふたりの気持ちのたかまりかたは速かった。

「多喜子によって僕は救われた」と何度か父が言ったのを覚えている。母を知る以前に父には漂泊、放蕩を繰り返した時期があった。「そのころのことを思い出すと今でも私は自分がいとわしい。私は青春のなま臭い醜さというものをしたたかにさらけ出したのだ。それは結局性の問題をめぐるもので、今日のように若い人たちがそれを自由に感じていれば、問題にならないことばかりなのだが、私の育った環境から、私にはそうはいかなかったのだ。」「私は青年時代の大部分を否定の精神との格闘で送ってきたと言ってもよいほどである……」。『自伝抄』でもいささか抽象的に父はそう書いているが、手紙を読んでいるところはもっと具体的で、父は母に対する欲望を抑えかねているし、性病をうつしたのではないかと悩む箇所もある。だが母を知ることによって、父が青春の混乱から抜け出すことが出来たのは確かだ。

母のほうは何不自由ない環境で甘やかされたお嬢さん育ちだったが、自由な気風の家庭だったから父に会う前に何人かの男友達がいた。そういう男たちへの微妙な気持ちも母は手紙の中で率直に語っている。その他にも母の父の大病、母自身の肋膜など紆余曲折はあったが、それらは大きな障害とはなり得ず、ふたりは大正十二年九月に結婚して（入籍は十三年九月）、京都深草に新居を定める。そして八年後の昭和六年、私が生まれるのだが、その直後からどうやら父は他の人と恋におちたようだ。その後も何度かそういうことがあったらしいが、「三十年後の手紙」に登場する人がおそらく最後の人だったのではないかと私は推測している。私が結婚して家を出たあと、父母はよく一緒に旅行にも行き、写真を見ても母は幸せそうな表情をしている。

呆けとそれに続く長い植物状態のあと昭和五十九年に母は死んだが、母に先立たれた一年後、九十歳の父は次のような詩を残した。

鎮魂歌

多喜子
今日はあなたの命日だ。
去年の二月八日午前十一時十分、
あなたは河北病院の一室で
最後の息を引きとった。

その朝、様子がどうもおかしいという
付添婦の長井さんからの知らせがあって、
直ぐ俊太郎と病院へ車を走らせると、
病室には主治医の山本先生もすでにいて、
先生はもう時間の問題ですという。
私はいつものように枕元の椅子に腰かけて顔を見守った。

息が荒い、しかし苦痛は全くないようだ。
うちのベッドから病院のベッドへ
救急車で運ばれて以来、四年と七ヶ月、
全く口を利けない。
口から物を食べることもできないまま、
鼻の穴から食道へゴム管を通して
流動食を注入する、ただそれだけで
ながらえて来たのだ。

それでも床ずれ一つできないで、上体は

最後まで丸まるとして、
顔には目に立つ皺(しわ)も刻まれず、
もともと細い足は
骨に皮が張りついたようになったけれど、
看護婦たちはみんないつも、
きれいなおばあちゃんと言っていた。
それが私たちには
せめてもの気休めであり慰めでもあった。

私はうちにいれば、
できるだけ日に一度は見舞った。
天気の好(よ)い日は往復ともに歩いた。
入院当時は多少とも見られた表情が
だんだんなくなり、
一時は完全に
植物人間になったかと思えたが、
そうではなかった。

体調にも波があり、
日によって表情にもかすかな揺れや動きがあった。
気に入らないことがあると怒るんですよと、
長井さんはよく言っていた。
ぷうと頬をふくらませるのが普通だが、
下の始末の時など、
唸(うな)るとも思える声にならぬ声で
手を払いのけようとするというのだ。
そのたびに私は安心する。
生命力のある証拠だからだ。
私は枕許(まくらもと)で書物を読む日を時折りつくった。
それだけ長く病室にいられるからだ。
そういう日々には
一層和んだ顔に見えた。
私は思い出していた。
フィアンセでいた頃

多喜子が風邪をこじらせて床についていたことが二度あった。
私は枕辺でトルストイの小説を読んでやった。
一度は淀の家で、一度は高師が浜の花姉の新婚の家で。
二度とも日を置いて数日にわたった。

淀の実家は、淀の城跡の近く、
昔の濠の一部に屋敷の東南を囲まれて在った。
京阪電車の淀の駅を降りて直ぐ、
線路の片側が城跡、
別の片側に蓮池になった濠の一部が遺って、
駅からの道がその右岸を町に通じている。
その町に通ずる蓮池の右岸の手前は空濠で、
その上に小さな橋がかかっている。
その橋が長田の屋敷への入口である。
入口から白壁の塀に沿って門まで敷石の道が通ずる。
季節になると、作男と庭男を兼ねた頑固者の国さんの丹精で、
空濠の花菖蒲の群落が見事な花を咲かせる。

私はその群落の眺めが好きだった。

その濠はとっくの昔に埋め立てられ
元の屋敷を含めて
一帯には不風流な団地の家が今は立ち並んでいる。
しかしあなたが私の中に生きているように、
昔の淀の風光は私の中に生きている。
今日、厚志の人々に贈られた、
清らかに美しい白い花々に囲まれた
あなたの写真の前机に
古い青磁の香炉を置いて、
香をくゆらせ、
あなたがいかに良い妻であり、
立派な母であり、
秀(すぐ)れたハウスキーパーであったかを、
改めて心に銘じている。
有難う多喜子。

昨日片付けものをしていたら、
偶然、ギャラリー・ポアンでの
熊谷守一米寿記念展の
二十余枚の写真のアルバムが出てきた。
その中の幾つかで、

熊谷夫妻と一緒の
元気なあなたの姿に接し、
あなたの没くなったのが
ちょうど米寿であったのに気づいたのも、
何かの縁というものだろう。
その写真の熊谷さんは今の私より歳若い。
そこには私に抱かれた小学一年生の賢作もいる。
熊谷さんが賢作に笑顔を見せている。
その笑顔で私はまた
没くなる数日前、日を置いて二度、
あなたの私に見せた何とも言えず美しい微笑を思い出した。

それはほんのかすかな微笑であったが
一瞬というよりは長い時間のものだった。
だから私は気づいたのだ。
薄明の中に何かのヴィジョンが浮かんだのではないか、
そう私は思った。
そしてそれを私は死の予感に結びつけた。
二度目には真剣にそう思い、
その思いは私の安心につながった。

今もってそれは謎である。
それは永久に解ける日のない謎である。
しかし生きている限り忘れることのない筈の
その謎の微笑に今も私はよろこびを感じている。

（『母の恋文』一九九四年十一月）

ポポー

私の母の姉は名を花子といって、たいそうな美人だった。これもたいそうな美男であったつれあいは名を正といって婿養子だったが、ふたりとも病弱で、一生の半分以上をベッドで過ごして死んだ、というように私は受け取っている。伯母（おば）は若いころ腎臓結核というのにかかって、もう助からないと言われたのを、持ち前の向う意気の強さで生き延びたと、まわりの人々は言っていた。伯父（おじ）のほうは普通の結核で、こっちは持ち前の用心深さで、七十いくつかまで生きた。

私の母方の祖父、つまり母と伯母の父は、名を長田桃蔵（おさだとうぞう）といって、政友会の代議士だったが、年中変な事業に金を出していたらしく、戦時中私と母が、京都の淀にあるその屋敷に疎開したら、納屋に小型モーターがごろごろしていて、機械少年だった私は大変嬉しかったが、そのモーターを何かに応用するだけの技術力は私にはなかった。

私が今この世にいるのは、その祖父のおかげだと聞かされた。というのは、私の父母は大恋愛で結ばれて、子どもなんかちっとも欲しくなかったのだそうだ、もう少しで闇に葬られるところを、祖父が孫を欲しがったので救われたのである。私の父は帝王切開で私が生まれてくる間、病院の廊下で当時流行のヨーヨーをしていたということである。生まれてみると、母は私に一目惚れで、随分かわいがってもらったが、なにしろ一人息子だから、甘やかさないように気を遣った様子もある。それに比べると伯母のほうは、子がいなかったから手放しで私を甘やかした。幼いころ、私がふざけて伯母のてのひらに唾を垂らしたら、伯母がそれをなめてしまったのを見て、気持ちが悪かった記憶がある。

淀城の外堀にかかる橋を渡って入ってゆく祖父の大きな屋敷は、戦時中半分が旅館になっていた。切り回していたのはあとになって聞いた話では、祖父のお妾(めかけ)さんだったとかいうことだが、私にはその人が女なのに、かつらをかぶっていたということ以外に、とりわけ強い印象は残っていない。その屋敷を持ち切れなくなって、伯父と伯母は戦後、東京の父と私の家のある借地に、軽量鉄骨造りの当時としてはモダンな家を建てて引っ越してきた。

引っ越し荷物は相当奇妙なものだった。園芸の好きな伯父は大量の植木鉢や鋤(すき)、鍬(くわ)、スコップ、ふるいの類いを持ってきた。それに何に使うつもりか、大量の棚板があった。もちろん自分の病気を考えて、痰壺(たんつぼ)や便器やしびんも忘れていなかった。伯母のほうは水牛の皮をはった、いくつものいわゆるシナ鞄や柳行李や長持に、白絹や半衿や真綿を入れてきた。

伯父は東京でもっぱら財産管理と闘病に精を出した。伯母は私の息子と娘を、孫同然にかわいがった。伯母が私をそうしたように、子どもたちを甘やかしすぎるというので、妻が同じ敷地にある私たちの家と伯母の家の境に、竹塀を立ててしまったこともある。

先日、伯父伯母の押し入れの整理をしていたら、残っている写真だけでも段ボール箱に二はいになった。和紙に書かれた戸籍のようなものが出てきたが、それを読み取るだけの教養は私には欠けている。伯母がときどき爪弾きしていた三味線は、音楽をやっている私の息子のものになった。

伯父は自分の家のテラスの前に、淀の家にもあったポポーという果樹を植えた。黄色いねっとりとした独特な香りのある果肉を、さじですくって食べるのである。伯父の園芸趣味に興味を示さない父も、そのポポーだけは喜んで食べたが、伯父の死後、誰も手入れをしないせいで、葉ばかり茂って果実はもっぱら鳥たちの餌食になるか、青いまま落ちてしまう。

（「ＯＭＣ」一九八七年十月）

恋は大袈裟

初め私は母親のからだの中にいた。私のからだと母親のからだは溶け合っていた。その快さはおそらく今も消え去ることのない意識下の記憶として、私のうちに残っている。私は母親のからだから出て、私自身のからだをもったが、そのからだはともすると、母親のからだの中へ帰りたがった。私は母に甘えた。

母はひとりの人間であるとともに、自然そのものでもあった。陽光に輝くなだらかな丘を見るとき、なまぐさい海へ歩み入るとき、肌のうぶげにそよ風を感ずるとき、はだしの足でぬかるみをかきまわすとき、私は満たされることのない憧れと渇き、畏れと親しみのまざりあった気持ちに、快楽と同時に苦痛を味わった。

母と一体になりたいという欲望は、自然に溶けこみたいという欲望と区別できなかった。

だがやがて母親は、限りない自然としてよりも死すべきひとりの人間として、私の前に立ちふさがるようになってくる。それは私に人間社会のしきたりを教え、自然の秩序とは異なる人間の秩序の中に私を組みこもうとする。私は抵抗し、抑圧し、受け入れる。私のからだが母親のからだから出たように、私の心も母親の心から別れ始める。そして私は母親に代わる存在を求める。

恋とは私のからだが、もうひとつのからだに出会うことに他ならない。自然と違って人間はからだだけではないから、からだと言うとき、そのからだの宿している心を無視できないのは勿論だが、心とからだはただことばの上で区別されるだけで、本来はひとつのものだ。しかしまたひとりひとりに独自な心は、人間特有のものであり、その心を支配し、それに支配される万人に共通なからだは、人間を超えた自然に属している。その矛盾を生きるのが人間であるとも言えよう。

心とからだの矛盾に満ちた関係は、人間と自然の矛盾に満ちた関係から生まれた。矛盾を生きることで、調和を見出そうとする欲求も両者に共通なものであるとすれば、恋もまた、人間同士の戦いであるとともに、人間の自然との戦いのひとつと見ることもできる。そこでの平和がいかに得難いものであるかは、誰もが知っている。

恋は否応(いやおう)なしに自分を他人とかかわらせるが、自分の背後にも他人の背後にも人間を超えた自然が隠れている。恋する者はいつも相手のむこうに、相手を超えたなにものかを感じとっている。その奥行きが目をくらませる。だがそのくらんだ目が、ふだんは見えぬものを見る。世界は新しい文脈の中でよみがえる。それが散文よりも詩歌にふさわしい高まりを見せるのは当然だ。

母親から離れた私のからだ・心が、母親のではないもうひとつのからだ・心に目覚めたのは、いったいいつごろのことだったろう。得体の知れぬ欲望が、一方で私を世界美術全集にのっている大理石の裸体の映像や、幼友達とのお医者さんごっこにむかわせ、他方でひとりの小学校の同級生の女の子の、他の誰のものでもないひとつの顔にむかわせた。恋は性に支えられていたが、同時に性を超えようとするものでもあった。

恋は宇宙と一体になりたいという、心とからだぐるみの人間の最も深いところにある欲望の現れなのか。そうであるとすれば、からだの欲望がそのまま宗教に通じているとしても不思議ではない。私を魅了するひとつの顔に私が見ていたものこそ、「詩」と呼んでいいものだったかもしれない。その顔がときに心とは似ても似つかないものだと知るまでに、どんなに長い時間が必要だったとしても。

目が顔に出会う、からだがからだに出会う、心が心に出会う、ことばにすれば三つの出会いとも思われかねない出会いというものも、実はひとつだ。現世で手に触れることのできるのはからだだけであるとしても、ことばをもつことのできた人の心は、この世ならぬものまでを日常の中にまざまざと描き出す。人間は他者のからだ・心を媒介にして、自らの死を超えて宇宙に恋することができる。どんなに洗練された恋愛心理の奥にも、荒々しい自然がひそんでいるのを忘れることはできない。

私の初めての恋の詩のひとつに「……私はひとを呼ぶ／すると世界がふり向く／そして私がいなくなる」という行がある。他のどんな人間関係にもまして恋はエゴイズムをあらわにするが、同時にそれは個を超えて人を限りない世界へと導く。その喜びと寄る辺なさに恋の味わいがある。人は経験によって、また想像力の限りをつくして、それをことばにしてきた。

ひとつのからだ・心は、もうひとつのからだ・心なしでは生きていけない。その煩わしさに堪えかねて、昔から多くの人々が荒野に逃れ、寺院に隠れたが、幸いなことにそんな努力も人類を根絶やしにするほどの力はもてなかった。

恋は大袈裟（おおげさ）なものだが、誰もそれを笑うことはできない。

（作品社『恋歌1』はしがき　一九八五年十月）

私の死生観

死生観というようなものは、もっても無駄である。観念に過ぎないからだ。観念通りに死ぬことが出来ないのが現代である。だいたい死生を「観る」と言ったって、観ることが出来るのは生だけであって、死は観ることが出来ないし、その生ですら他人の生をかいま見るのがせいぜいで、自分の生はなかなか見えるものではない。目は外に向かってついているからだ。とすると、あとは自分の内心と社会のしきたりとの折り合いをどううまくつけるかということになる。

昔は死ぬことを自然に帰ると言った。今ではこれは美辞麗句に過ぎない。死んで灰になって山野に撒かれたり、カロートの中で朽ちていったりすれば、理屈としては自然に帰ったことになろうが、そこに至る筋道は極めて人工的になっているのが現代だ。その筋道以外の筋道をたどろうとしても、それはそれで極めて人工的な努力や工夫を必要とする。人間のからだはもともと自然の一部なのだから、死ねば自然に帰りたいと願うのはそれこそ「自然」な話だが、そのからだ自体が社会的存在として、日々自然から離れていってるのだから、死んだからと言っていきなり自然に帰ろうたってそうは問屋がおろさない。断固として自然に帰ることを拒否して、冷凍庫の中で後生を送ろうというような人まで出てくる世の中である。いくら飼ってる老いた犬が家から出ていって、死体を見せずに優雅に死んだからと言って、その真似をすることは容易ではない。

死生観の代わりに私がもちたいと願っているのは、死生術もしくは死生技である。何も目新しいものではなく、処世術もしくは格闘技のひとつと思えばいい。要するにどう死んでゆくかという技術のことだ。これがなかなか難しい。人は死の瞬間まで生きねばならないものだから、生のしがらみは最後までついてまわる。しかもその最後の瞬間に至るまでに起こる状況変化は、各人の運命によって千変万化する。なかなか予定というものが立てられない。順序を追って考えることすら覚束（おぼつか）ないから、思いつくままに私の場合を書いてみよう。

まず墓地だが、これはすでに購入済みだ。墓はまだ作っていないが、父母の場合の体験から言うと、墓地さえあれば墓はなんとかなる。デザインに凝る気もないから、もし間に合えばそのうち立てるつもりでいるが、間に合わなくても多分死後に入る印税でまかなってもらえるだろう。父が遺言で墓を自分たち夫婦だけのものにするよう指定したので、私の墓は「谷川家」の墓ということにするが、子孫がふたつの墓を守ってゆくのは負担だろう。気の毒だが当分は仕方がない。

次は葬式。墓地が鎌倉の某寺にあるから、葬式はそこでやってもらう。私もおおかたの現代日本人と同じで無宗教に近いが、これまでさまざまな葬式に出た体験から言うと、やはり仏式の葬式が一番収まりがいい。モーツァルトやフォーレのレクイエムは私も好きだが、私の葬式では流してほしくない。生きているうちは日本語で喋ったり書いたりしてきたのだから、話の通じない西洋の天国や地獄に迷いこむのは御免こうむりたい。お棺をはじめとする葬式に関するいろいろな決定は、分相応の型を守ってもらう。ずっと自由詩で苦労してきたのだから、最後くらい定型にしたっていいだろう。

以上は死生術の比較的楽な部分、すなわち死後の話であって、これは私自身が大筋を決めておけば、あとは人任せですむ。だが死後ではなく「死前」となると話は俄然こんぐらかる。死ぬ瞬間まで元気である日ぽっくりというのは、万人の理想だろうが、それが出来るかどうかは運任せだ。現実的には、起こり得るあらゆる事態に対処すべく考えねばならない。

まず私は献体、臓器提供のたぐいは一切したくない。その理由は言い出すと長くなるからやめる。次にいわゆる延命医療はこれをご辞退申し上げるし、いわゆる尊厳死が考慮される事態になったら、躊躇なく死なせていただくほうに一票を投じる。これもしかし口で言うほどたやすくはないだろう。その時点で私がはっきりした意思表示が出来るとは思えないし、具体的な身体状況や、周囲の人間の感情もさまざまだろうから。まあ今のうちに身勝手にこう書いておくくらいが関の山だ。

さて、私はどこで死ぬのか。これがまた頭の痛い問題である。私は出来れば自分で死に場所を選びたいのだが、うっかり倒れて誰かに救急車を呼ばれてしまったら、あとは病院任せになってしまう。かと言って死にかけている人間を、身近の者に自宅で死ぬまで面倒見てくれと要求するのは不可能だ。昔はそうするしかなかったのに。もし本当に死に場所を自分で選ぶつもりなら、ひとりで人里離れた所で暮らすしかないのかもしれないが、そこまでするのは本末転倒だろう。人間は理想の死を目的として生きている訳ではない。

このあたりから話は死前段階としての老および病のほうに移ってゆくのであるが、その詳細は省かざるをえない。老病死は私ども夫婦の尽きない話の種であって、我々は自殺を含むさまざまな死に方、老い方を詳細にわたって検討しつつあるのだが、その成果は残念ながら自慢出来るものではない。「人事を尽くして天命を待つ」という平凡なことわざ以外に、結論は出ないからである。だが、この天命という観念こそ、現代が失いつつある最大のものではないかということで、我々は一致している。とすると何らかの「死生観」は、やはり必要なのかもしれない。

（『私の死生観』一九九四年九月）

からだに従う

子どものころは虚弱体質と言われていた。すぐ風邪をひいて熱を出した。扁桃腺をとりアデノイドをとったがあまり効果はなかった。ところが思春期に入ったころから丈夫になった。もちろん今でも風邪をひくが大病をしたことがない。アデノイドの手術以来、入院経験もない。神を信じてる訳ではないが、自分が健康であることを何ものかに感謝せずにはいられない。

だがそういう私にも老いはちゃんとやってくる。昔からスポーツもやらないし大酒も飲まず徹夜もほとんどしなかったから、若いころに比べて体力が落ちたという嘆きはないが、四十代から老眼、乱視だし、歯も惨憺たる有り様だ。老眼鏡や入れ歯を受け入れることにまったく抵抗がなかったと言えば嘘になるが、私には老いにあらがう気持ちは薄い。老いには老いの面白味があって、それを可能な限り楽しみたいという気持ちのほうが強い。だが老いを楽しみ面白がるのはもちろん、からだのほうではなくこころのほうである。

年とって短気になる人もいるし、年とって呑気になる人もいる。健康に恵まれているおかげか、人生が一段落してさまざまなストレスが減ったせいか、私は年をとるにつれて自分がいいかげんになっていくような気がする。若いころは気になっていたことが気にならなくなった、若いころはどうしても欲しいものがあったが、そういうものも少なくなった。年とって自分が前よりも自由になったと感じる。これはしかし感受性の鈍化かもしれない、感情が平坦になってきているのかもしれない。

まあどっちにころんでもたいしたことないやと思えるのは、死が近づいているからだろう。痛い思いをしたり身内や他人を苦しめて死ぬのはいやだが、死ぬこと自体は悪くないと思っている。この世とおさらばするのは寂しいだろうが、死んだら自分がどうなるのかという好奇心もある。未来に何を期待しますかと問われれば、元気に死にたいと答えることにしている。ずいぶんエゴイスティックな答え方だとは思うが、年をとればそういう我がままも許されるという甘えもある。孫たちの将来が気にならないことはないし、そのために出来ることはしているつもりだが、人類の未来というふうな大げさなことはあまり考えない。それよりも毎日の暮らしを大切にしたい、それもなかなか難しいことだが。

誰かも言っていたが、結婚式よりも葬式のほうが好きだ。葬式には未来がなくて過去しかないから気楽である。結婚式には過去がなく未来ばかりがあるから、気の休まるひまがない。老いのいいところは、少しずつではあるが自分が社会から免責されていくような気分になれるところだ。もうそんなに人さまのお役に立てなくてもいい、好きに残りの人生を楽しんでいいと思えるのは老人の特権だが、それを苦痛に思う人もいるだろう。ひとりぼっちを受け入れることにつながるのだから。他人に求められなくとも、自分のうちから湧いてくる生きる歓びをどこまでもっていられるか、それが私にとっての老いの課題かもしれない。どうせなら陽気に老いたい。

健康でいられたおかげで、これまであまり自分のからだを意識することがなかったが、近ごろ大分からだを意識するようになった。からだとこころは言葉の上では区別しているとしても本来区別の出来ないものだが、老いるにつれてこころがからだを支配する度合いよりも、からだがこころを支配する度合いのほうが大きいと思うようになる。かと言って熱心に健康法を実践している訳ではないし、特に食べ物に気を使っている訳でもない。ただ、からだが自然に必要にして充分なものを求め、余分なものを受けつけなくなるのだ。食べ物飲み物もそうだし読む本、取り入れる情報にしてもそうだ。増やすよりも削るほうがいい、余るよりも足りないほうがいいとからだが教えてくれて、こころもそれに従う。

私はうんこ、しっこが生きることの究極の現実だと思っている。観念や幻想から自由になって、裸のからだ一貫で生きるのが老いというものかもしれない。

（「Tarzan」二〇〇一年一月）

書くこと

文字を習い覚えてから早くも二分の一世紀が過ぎ去ろうとしているが、私はいまだに字が上手にならない。さすがに自分の名前だけはくりかえし書いたおかげで、どうにかさまになっているけれど、それとてももしサイン会というあの嬉しい強制労働がなかったら、現在の水準に達していたかどうかおぼつかない。

万年筆をかまえて、手にインクのしみひとつつけず、すらすらと原稿を書いているひとを見ると、劣等感におそわれる。私はBの鉛筆を握りしめ、一字一字ぎくしゃくと芯も折れんばかりのバカ力をこめてます目を埋めてゆく、そのうちに手はふるえだし、消しゴムのかすは机上に雪のように降りつもり、字を書く苦痛にせっかくのインスピレーションもどこかへ雲散霧消してしまう。

書くという行為には、心とからだの精妙な連動が必要だから、手が不器用であることは、重大なハンディキャップだ。世にでる前の若書きがりんご箱に五はいあるとか、三日書かないと書きたくて手がうずうずしてくるとかいうだれかれの噂を聞くたびに、私は自分のからだに巣くうDNAをのろうのである。

ここで話が昨今流行のワープロにうつっても無理はないだろう。昔からプールサイドでかっこよくタイプライターをたたく西洋の作家たちをうらやんできたし、理屈はちんぷんかんぷんながら、子どものころから機械がきらいではない私には、ワープロを忌避する理由はない。だが、鉛筆で書くのと、キイで文字をたたきだすのとは、想像以上の違いがありそうで、しばらくはためらっていた。

使い始めてみると果たして一筋縄ではいかない。言葉は頭とからだの中から、複雑にからみあう流れとしてでてくる。それが手を通して紙の上でかたちをなす。頭の中に前もって文章や詩ができあがっているわけではないのだ。考えや感じが文字となるその流れは時にほとばしり、時によどむけれど、慣れないとワープロはそれを阻みかねない。

ひらがなを漢字に変換するその僅かな後戻りないし中断も、書くエネルギーの流れを変える。基本的に音素であるアルファベットをつらねてゆく、英文や仏文とはそこが大きく異なることが分かった。ひらがなばかりを打ってゆくいわゆる平書き変換の場合も、初めからひらがな表記をめざすのならともかく、常に先行する文脈から次の文が生まれてくるものである以上、違和はまぬがれない。ひらがなだけの文章を、しかもブラウン管上に読むのは、うなぎを手づかみするようにたよりない。

ワープロで詩を書くことは、ちょっと試みただけであきらめた。詩には散文にもまして意識下のうねりのようなものが必要だからだ。タッチタイピングを完全に我がものにすれば、キイを打ちながら無意識の流れに身をまかせることも可能だろうが、将来はいざ知らず、現在の私には不器用な手を酷使するほうがまだましなように思える。二〇行や三〇行なら、私にだってそうは苦にならない。

大分以前に、三浦朱門（みうらしゅもん）さんがソファにくつろいで膝の上のキイボードを打っている写真を見た。あれも私がワープロをほしくなったきっかけのひとつだ。机の上で歯をむきだしている原稿用紙から逃れるには、あの姿勢しかないと私は思いこんだ。ところがやってみると、私はギックリ腰になってしまった。ワープロを使いこなすには、ゴルフか水泳で足腰を鍛えておかねばならぬことを、私は学んだのである。

それでもまだワープロを手放さないでいるのは、リース料がもったいないという理由だけではなく、手書きが苦手な私には、他のひとにはどうでもいいようなことも、長所になり得るのではないかと思うからである。手書きで始めた子どもむけの戯曲を、迷いつつもワープロに切り替えてから、私はいろいろなことを発見した。

そのひとつは、書いたものに手を入れやすいということ、機能としてそうなっているのはもちろんだが、慣れない私にとっては、先へ進むのが難しい分だけ後のほうへ目がいく、たとえて言えば文章が直線的ではなく、渦巻き状に進んでゆくのだ。おかげでひとつのシーンを書くのに一週間もかかるのがしばしばだが、手直しをしながら書いてゆくのは、勢いはそがれるけれど、筆が、いやキイがすべるのを防ぎもする。

書くのが速いということがワープロのひとつの美点とされているが、きまりきった事務文書をつくるのならともかく、自分の文章を書く者にとっては、ワープロはむしろゆっくり考えながら書くのにむいている。ゆきつもどりつしながら書くのもひとつの書きかただということが分かる。字を書く苦痛に気をとられていた私には、この新しい筆記具が以前とは違う文体をもたらすというのが、あながち嘘とも思えないのだ。

しかしまた、筆記の方法によって左右されるほど自分の頭はやわなのだろうか、とも思う。万年筆にしろ、鉛筆にしろ、筆記具をほとんど透明なものとして使い切っている器用なひとたちには、こんな論議はこっけいだろう。だが、文字を書くのがきらいなおかげで、書くのがきらいなのだと信じこんでいる私には、これは意外に切実な問題なのである。

ワープロを手のうちにおさめれば、長編小説を書くのも夢ではないかもしれない、少なくともそれが私にはむいていないことが決定的に立証されるかもしれない、と私ははかない希望をいだいているのだ。その前にもちろんギックリ腰の効果的な予防法をみつけなければならないが。

昨年暮れから今年の前半にかけて、三冊の詩集と一冊のエッセイ集をだした。そのエッセイ集のあとがきにも書いたが、私はいまだに自分の散文の文体をもっていないような気がしている。詩の場合には意識してさまざまな文体で書き分けることを試みているけれど、そういうやりかたで散文を書くことは不可能だ。

散文は書き分けることができない。散文はただひとりの自分という個にその根をおろしていて、書き分けようとすれば、個は分裂してしまう。書いたものに生身の人間として責任を負わねばならないのが散文というものだろうと私は考えているが、その責任の負いようがなくなる。だが詩はもっと無責任なものだ、それは基本的にアノニムであっていい、個よりももっと広く深い世界に詩は属している。

こういう言いかたはもちろんある種の抽象であって、現実には詩によって詩人の思想が問われるし、作者の責任の問いようのない小説だってある。だが、詩、小説を問わず、生身の作者の容量を超えた嘘八百が文学の魅力の大半をなしているのは否定できない。嘘八百を書くことがまた作者の楽しみでもあり、そこにインスピレーションというとらえ難いものの働く余地がある。

私の言う散文は文学の形式とは関係なく、もっと等身大のものであり、自分を偽ることのできぬものである。そこに自分の文体をもっていないということは、私の考えが、まだほんとうに私自身の経験や行動にむすびついていないということだろうか。自分にひそむ何か一貫したものをまだ見出していないようなもどかしさがある。それを見出すのにワープロに頼るわけにいかぬのは、はっきりしているのだが。

一時私は「むだばなし」、「立ちばなし」というようなかたちで散文を書いてみたことがある。できるだけ話し言葉に近い文体で、肩の力を抜いて書こうとしたのだが、意図して選んだ文体にはどこかにわざとらしさがつきまとう。詩がうまく書けた時の自然な感じとは違う、一種の緊張から抜け出ることができなかった。世間話をするように散文を書くのが私の夢だが、私はまだそれができるほど世間が分かっていないようだ。

では、詩を書くには世間知らずでいいのかと問い返されそうだが、その答は保留させてもらう。子どもにもまがう無垢なエゴイズムによって、名作の生まれることもあるのが詩の世界だからであるが、また、人間のつくりだした複雑きわまる現実を抜きにして詩は語れぬからでもある。

（「出版ダイジェスト」一九八五年六月三十日）

本の恐怖

本というのは厄介なものである。そこには必ず何かが印刷されていて、我々はそれを読んだり見たりせずにすますことが出来ない。それが机の上であれ人の手の上であれ、本は何食わぬ顔をして我々を待っている。本は我々にポン引きみたいに声をかけるわけでもなく、身をくねらして媚態（びたい）を示すわけでもなく、おとなしくそこにいるだけなのだが、そこにいるというのが曲者（くせもの）なのだ。本は自分がそこにいることに十分な自信をもっている。自分に長い多彩な歴史があることをちゃんと知っているし、自分の中に何かしら未知なものが隠されていて、我々がいつかはその魅力に屈してしまうかよわい存在であることも知っている。

もし我々がブッシュマンの結婚について知りたいと思えば本を開かねばならないし、もし夕食に五香肉片（ウーシャンロー）をつくろうと思えば本を開かねばならない、何故かは知らないが日本工業規格について言及しなければならぬ羽目に陥ったら本を開かねばならないし、不幸にも土曜日の夜テレビに面白そうな映画がなかったら、やはり本を開くしかないのである。本の腹はとっくに読めている、本はその腹黒い腹の中でこう言っているのだ、私がいなかったらあなたがたの世界認識は危険なくらいかたよったものになりかねませんよ、私がいなかったらあなたがたの子どもはネアンデルタール人に逆戻りですよ、私がいなかったらあなたがたは退屈のあまり死んでしまいますよ！

だが私の知る限り、本を読んだおかげで世の中を複雑に考え過ぎて自殺した人はいても、本を読まなかったのが理由で死んだ人はいないし、たとえば四世紀の日本の農民がネアンデルタール人なみの知能しか持っていなかったとは信じがたい、また現在のいわゆる無文字社会の人々の世界認識が我々のそれよりも貧しいと主張する根拠が薄弱であるのは、彼等の豊かな口承の伝統を少しでも知っていればあきらかだ。とは言うものの、本に対して公平を欠くといけないから付け加えておくが、くやしいことにこれらの知識を私がもっぱら本から得ているという事実もまた否定できないのである。

本はいるだけで厄介なものであるが、厄介な点はそれだけではない。本は我々が気づかぬうちに増殖もするのだ。本は一体いつの間に増殖するのか。我が家について言えばそれは主として午前一〇時三〇分ころから午後二時にかけてであると言ってよかろう。著者に雌雄の別はあるにしても、本そのものに雌雄の別はないから、本はアメーバのように無性で分裂増殖する。そして本を我が家にもたらすのはコウノトリではなく、騒々しい軽トラックないし第二種原付自転車である。本どもは養子縁組を頼んだわけでもないのに捺印を要求した上で、図々しく我が家に侵入してくる。

第一にしなくてはならないことは、そいつらの着ているものを脱がすことだ。ちかごろは衣装がまた凝っている、暖かそうなキルトのコートを着てるやつ、貞操堅固な処女のように前あきを化学糊でガチガチに固めたやつ、ご大層に二重三重に箱に入っている箱入り娘、読まれたがってうずうずしているくせに、本どもはたやすく裸にはなってくれない。包装紙の鋭いふちで手を切ることだってある。脱がせた衣装の処理がまた一苦労だ、あとあと使えそうな衣装は保存し、ビニールの下着は燃えないゴミ、紙の上着は燃えるゴミ、くずかごはあっという間に一杯になってしまう。地球上の森林資源は一体いつまでもつのだろうか。

さて次にくるのは、本の分類というそれだけで学位が取れるという難事業である。もっとも私は図書館学の学位を持っているわけではないから、分類は自己流だ。まず直ちに読みたい本というのがある、これは極めて数が少ない。次に出来るだけ早く読まねばならぬ本、出来たらいつか読んだほうがいい本、読んでも読まなくてもいい本、出来るだけ読まずにすませたい本、出来たら直ちに捨てたい本、という具合に分類は続くのだが、その下の小分類に詩集とその他の本の別があるのは、詩集だけは私は某大学図書館に寄付しているからであるが、伝染病患者を俗世間から隔離せざるを得ないのは、やむを得ぬこととは言え楽しくはない。

分類がすんだからと言って本に直ぐ安住の地が与えられるとは限らない、監獄の前に留置場があるように、本はひとまず床の上に積み重ねられる。本棚と称せられている本にとってのホームに行き着くのはもっと後だ。ところが腹立たしいことに本は頑固な老人のように、あるいは才能のない芸術家のようにそれぞれの個性を主張したがる。私は本はその内容によって分類されて当然と考えているのだが、本自身はなんと身長によって分類されたがるのだ。ノッポの詩集とチビの詩集は同室を拒むし、レンブラントの画集とレンブラントについて書かれた本は、創作者と批評家さながら仲が悪い。

ともあれ本というものはみな自分を二枚目だと思っているらしい。顔付きは千差万別だが目立ちたがりやであるのに変わりはない。書店の店頭で本は未来の読者とお見合いをするのである。そこでは本はもっぱら容貌で勝負に出る。立ち読みという姑息な手段によって読者は本の中身を知ろうと試みるが、なあに中身なんてものは一緒に生活してみないことには、おいそれと分かるものではない。読者はしばしばあまり気の合わない連れ合いを択んでしまうことになる。それも自業自得というものであろうか。

書店から身銭を切って我が家に連れ込んだ本はまだ始末がいい。気に入らなければすぐに別れてしまっても誰も文句は言わない。だが、我が家に押しかけて来た本の場合はことはそう簡単ではない。本が子とすれば子には著者という親がついている。親の自慢する子を二束三文でたたき売っては世間が許さない。とはいうものの、六畳に何千人という大家族を収容する能力のないのは分かりきってる。根太を補強するとか、本のために別宅を新築するとか、皆それぞれに苦労しているが、私がこの大問題をどう解決しているかということについては、ここでは触れたくない。ちかごろやっと快方に向かいつつある持病の鬱病がぶり返すのは、あまり愉快とは言えぬからだ。

ここで本が人間の気づかぬところで、ほとんど見えない国家と呼ぶにふさわしい巨大な共同体を組織しているという事実を指摘しておくのも無駄ではないだろう。本は今や本自身の社会を営んでいる。極めて自己中心的でありながら、本はいざとなると実に見事に連帯する。この事実はたとえば大型書店の店頭で、たやすくこの目で確かめることが出来る。一冊の本は喜びだが、一万冊の本は悪夢だ。おまけに本どもは数で我々を圧倒するだけでなく、その内容の複雑極まるマトリックスとも言うべきものでも我々を畏怖せしめる、強い縄張り根性がそれを分断することもままあるとはいえ。

なんでもいいのだが、たとえば桃太郎について少し知りたいと思ったとしよう、あなたは多分桃太郎のお話の筋は知っている、だが、それが果たして正確かどうか自信がない。そこでまず児童文学の分野にあたってみると、あるわあるわ筋も語り口も桃太郎の性格も少しずつ違う絵本やお話の本が何十冊と出てくる、そこで一体この話の原型はどんなものだったのだろうと、燃やさなくてもいい好奇心を燃やしたが最後、あなたが国文学、民俗学、文化人類学などなどの迷路に迷い込むことは避けられない。本は本を引き寄せ、本は本を生み、参考文献のリストはネズミ算式に増え続け、我々はと言えば袋の中のネズミさながら、右往左往することになる。

我々は本に包囲されているどころか、本のしかけた罠にがっちりと手足をくわえこまれているのだ。本のおかげで手も足も出なくなったという経験は誰にでもあるだろう。生身の目と耳と鼻と手足だけで体験する世界ならどうにかやり過ごすことも出来ようが、本はそういう我々の無知につけこんでくる。この世には本さえ無ければ知らずにすむ知識や出来事が無数にある、ところが本があるおかげで人間はそれらを否応なしに知ってしまう。その結果どういうことになるかというと、心配事が増える。そしてその心配事を解決しようとして、またまた本を読むという悪循環に陥るのである。

今や書店は百鬼夜行のお化け屋敷と化している。書店に入って恐怖を感じない人間がいるだろうか。もはや我々は本無しでは知識を得ることが出来ない、本無しでは世界を認識することが出来ない、本無しで恋をすることも出来なければ、本無しでホウレンソウの種子をまくことすら出来なくなっているのだ。母親は子どもをしかる、テレビを消して本を読みなさいと、広告は消費者に訴える、本を読まなければ同僚に追い越されると、書店の本棚はひやかし客にささやきかける、これらの本をすべて読まなければあなたは現代世界の複雑さについて行けないと。

それでは我々を包囲している無数の本の恐怖に耐えきれなくなった人間がどこへ行くかと言えば、逆説的だが図書館へ行くのである。そこではすべての本がおとなしく管理され、ひっそりと並んでいる。図書館は本のモルグだ。つまり逆に言えばそこでは本が死んでいる代わりに、現実が生きていると我々に感じさせるある特別な空気がある。本は私有されていないから、あるいは私有を期待していないから、軽い。知識とか経験とか呼ばれるものが本来私有を拒むものであることを、我々は図書館で体験出来る。そしてなんのことはない、我々自身が本を増殖させる張本人だということに、そこで我々は気づかざるを得ないのだ。膨大な紙と印刷インクの集積が引き起こす本の恐怖を克服するには、本を所有するのではなく、本を読むことが必要だ。だが本を読むのは、それを買ったり見たり持ってることを自慢したりするのよりはるかに難しい。

そこで今夜も私は老眼鏡をかけ、電気スタンドを引き寄せて、本を開き、初対面の他人に会うようにおずおずとページをめくる。だがやがて黒い活字のもたらす多彩な幻影はほとんど夢と区別がつかなくなる。そうしていつか私は本の中で眠りこんでいる、それが幸せなのか不幸せなのかも分からずに。

（「ふるほんや」一九八七年三月三十一日）

風穴をあける

この世に詩というものが存在しなくても生きていける人、詩をただの一度も読まずに人生を過ごす人、そんな人も多いんじゃないかなあ。でもそういう人も、文字に書かれた詩作品ではない「詩」には、知らず知らずのうちに触れていると思う。たとえば美しい風景を見たときとか、誰かを恋したときとか、好きな音楽を聴いたときとか。そんなとき人間の心持ちは、ふだんの日常生活で感じる喜怒哀楽とはちょっと違う高みにあるんじゃないか。

詩を読む楽しみのひとつは、日常とは違う視点で生きていることをふり返るところにある。だから詩の言葉はふだん話したり読んだり書いたりしている言葉、つまり会話とか論文とか週刊誌の記事とか経済や政治の世界で使われる言葉とちょっと違う。それが詩というもののとっつきにくさのひとつの理由かもしれない。

よく詩は作者の自己表現だとか、メッセージだとか言われるけれど、そしてそういう一面もたしかにあるけれど、ぼくはどちらかと言うと詩を、言葉を組み合わせていねいに造られた工芸品のように考えるほうが好きだ。詩はまず第一に美しい一個の物なんだ。意味を正確に伝達するだけなら詩は散文にかなわない、メロディやリズムということになると詩は音楽にかなわない、イメージのもつ情報量を比べれば詩は映像にかなわない。

でも詩にはそのすべてを総合できる強みがある。それはやはり言葉のもつ力だね。実際には存在しないものを幻のように出現させる力、心のもっとも深いところを揺り動かすことのできる力。そういう言葉はぼくの考えでは、意識からは出てこない、理詰めでは出てこない、言葉のない世界、人間の意識下の世界から出てくる。そこにも詩のわかりにくさのひとつの原因がある。

でもね、一口に詩と言ってもいろいろあるんだよ。ほとんどメールと変わらないような会話体の詩、言葉の音の面白さを生かすだじゃれみたいな詩、ことわざや格言みたいな詩、抽象絵画のように日常の現実から遠く離れた詩。ある種の詩をそんなの詩じゃないと切って捨てる人もいるけど、ぼくは詩を山の頂上に向かって純粋につきつめる方向と、山の裾野のほうに拡散させる方向と、おおざっぱに言って二つの方向があっていいと思ってる。もちろんそのどっちにも上手下手はあるけどね。

日本語では詩をうたとも読むし、短歌・俳句も詩に入るから、ある意味では詩というものがとらえにくいのかもしれない。　詩は世界中どこでも本来は韻文、つまり調子のいい言葉で作られていた。人の心持ちをたかぶらせるものが詩だった。でも今は日本では韻文は短歌・俳句にしか残っていない。明治以後の詩はむしろ韻文を拒んできた。だから詩と散文の区別もあいまいになってる。しかし、詩が人の心持ちをふだんとは少々違うところへ導くものだということは今でも言えるんじゃないかな。

詩は散文と同じように意味にとらわれているものだけど、通常の意味を超えようとするところが散文と違う。その点では詩はむしろ音楽に近いし、もちろん歌とも近いし、ときには絵画にも近い。日常的な感覚では無意味に思えるような言葉が、詩をいきいきさせることもある。

詩には歌も絵も理屈もばかばかしさも内蔵されてるんだ。そして言葉にならない「詩」は、私たちの心の深みに、そして日々の生活のいたるところにひそんでいる。詩は地球上のさまざまな言語の違いさえ超えて、私たちの意識に風穴をあけてくれるものだと思う。そこに吹く風はこの世とあの世をむすぶ風かもしれない。

（「朝日新聞」二〇〇一年四月二十八日）

解説——谷川俊太郎とユーモア

田原

（Ⅰ）

一般の読者にとって、谷川俊太郎の名前を見て、多くの方が頭に浮かべるのはおそらく詩人か絵本作家で、エッセイ作家ではないと思われる。しかし実際には、谷川俊太郎は「長い文章を書くのは苦手だ」と言いながらも、これまでに十冊以上のオリジナルのエッセイ集を出版している。

ずいぶん前からのことだが、谷川俊太郎の詩を翻訳していくうちに、原稿依頼によって書かれたものと、そうでないものがあるのに気づいた。もちろん、そういう現象はどの詩人にとっても有り得ることだが、多くの詩人に比べて、谷川俊太郎の場合は「受身的」に書いた詩のほうが多いような気がした。

谷川俊太郎のエッセイについても、やはり同じようなことが言える。自ら書きたいエッセイと依頼によって書かれたエッセイとの相違は、ときに一目瞭然で分かった。詩よりエッセイのほうが「受身的」に書いたものの割合はもっと高いように思った。そう考えると、「原稿依頼」は彼にとって魔法のごとく、一種の見えない力のように、彼のからだに潜むインスピレーションを喚起させ、創作の原動力になって、詩人とエッセイ作家としての彼を活かせた部分が相当あったのではないかと私は思う。

それから、もう一つ面白い共通点がある。彼の詩とエッセイを通読すれば、言語の構成は両方ともわかりやすく、飾り気のない素直な言葉で綴りながら、主題の多くはやはり生きることをめぐっていることだ。人間社会における一人の生活者として考えるような、存在の本質、愛の真髄、あるいは日常生活に関わる言語、喜怒哀楽などが、彼の詩とエッセイを読めば示唆されることになる。

もう一つ加えて言うなら、谷川俊太郎の詩にもエッセイにも、日本現代文学、とくに現代詩にはめったに見られないユーモラスな表現がたびたび出てくる。彼の詩を読んでも、エッセイを読んでも、何度も思わず笑い声が漏れる。現実生活の谷川俊太郎もとてもユーモアを好む人である。そのことは多くの読者が知るように、彼の三番目の妻だった佐野洋子のエッセイに書かれている。彼のユーモア好みはどこから来たのだろう。哲学者だった父親の谷川徹三の書いた文章によれば、ユーモアのある母からの遺伝子かもしれないという。ふと思い出せば、谷川俊太郎と一緒に何度も対談、旅、イベントに参加したとき、彼はいきなりユーモラスな言葉を発しては、皆を笑わせた。もっとも印象深かったのは、北京大学で数十人が参加して行われた彼の最初の中国語版『谷川俊太郎詩選』出版記念の座談会のときに、中国のある有名な詩人が、「谷川俊太郎の詩は、自分の両足だけで中国語にたどり着き、多くの中国人読者を魅了した。何々賞受賞の栄光によって一気に中国の読者に浸透したわけではない……」と発言した。座談会の最後で、谷川俊太郎が挨拶のスピーチでそれを受けて、「補足して言いますが、私の詩は両足で中国にやってきたのではなく、三本の足で来た」と返した。隣で通訳をする私は、三本の足の意味を確認したところ、それはペニスだと言われた。率直に通訳した後、満場に笑い声が溢れた。もちろん、参加者である多くの詩人と評論家たちは、このペニスは作品の生命力を暗示していると理解していた。当時の中国では、公の場であまりそういう言葉を口にしなかったのだが、とても新鮮で、参加者の誰にとっても忘れられない言葉になっただろうと思う。

（Ⅱ）

ユーモアという語はヨーロッパ由来のもので、もともとはギリシャ語から来たらしい。ユーモアは言葉で生きる人間にとって一種の智慧のようなものだと私は思う。ユーモアは現代の語彙としてはそんなに古くない。日本語は片仮名であらゆる外国語の発音を表記できるという便利なところがあるから、英語の「humor」という単語の音声を「ユーモア」に置き換えているわけだが、私の母語である中国語ではそう簡単にはいかない。

つまりどんな外国語でもそれを中国語に置き換えるときに、音声をそのままコピーすることは極めて少なく、だいたいの場合は新たな漢語を作り出さなければならない。そして、英語の「humor」の訳語として、幸いにも日本語のユーモアとほぼ同じ音声を持つ中国語「幽黙」が誕生した。「幽黙」と訳したのは、中国人バイリンガル作家の第一人者と言われた林語堂（一八九五―一九七六）だった。面白いことに、林語堂は谷川徹三と同年生まれで、その文章も徹三さんに似ていて分かりやすい。いまの日本の若者はあまり林語堂のことを知らないかもしれないが、実は彼の著作の日本語訳は三十数冊ある。ノーベル文学賞の受賞者パール・S・バックの強い依頼で、英語で中国文化と中国人の生活・性格について書いた『My country and my people（我国土・我国民）』は、一九三五年にアメリカで出版されて、瞬く間に世界的ベストセラーとなった。ヨーロッパ人が本当の中国と中国人を知るきっかけになった本である。林は一生を貫いて自由主義者であり、改革開放の一九八〇年代まで彼の本は中国国内で発禁になっていた。その後解禁され、たいへん人気のある作家の一人になった。彼は生涯中国、アメリカ、パリ、シンガポール、台湾、香港を転々として暮らした。香港で亡くなるまで五度もノーベル文学賞の最終候補になった。

日本語のユーモアは明治以後に生まれた単語であるかどうかはっきり確かめたことはないが、英語の「humor」を初めて中国語に訳したのは、清末の学者である王国維（一八七一―一九二七）で、彼は一九〇六年に「欧穆亜」と音訳していた。林語堂が「幽黙」と訳したのは一九二四年のことである。その間に外来語としての訳語は「語妙」、「油滑」、「諧穆」などもあった。林の訳語は最初に出たころに、魯迅などの文人に批判もされたが、現代中国語に定着したのは林の訳語だけである。

とはいうものの、「幽黙」は林語堂から始まった単語ではない。もっとさかのぼって言えば、二千数百年前に楚の詩人である屈原の詩に「眴兮杳杳、孔静幽黙」（眴してみれど杳く、孔だ静かにして幽まり黙す。――入谷仙介訳、『古詩選 中国古典選』朝日新聞社、一九六六年）にも出てくる。しかし、遠い古代の「幽黙」は「諧謔」の意味はなく、音声のない静かさを意味している。「humor」＝「幽黙」＝ユーモアとは無関係である。漢語には古くから「humor」の意味に近い単語「諧謔」があり、それは現代の日本語にも中国語にも存在しているが、英語の発音に近い「幽黙」のほうが現代中国人にはなじみやすいのかもしれない。

（Ⅲ）

谷川俊太郎の多くのエッセイを読むと、それぞれの言葉は何物にもとらわれない自由な心から来ていると感じられる。詩もそうだが、自然万物、他者、日常生活、死と生、愛、孤独、沈黙などをテーマに主観と客観、巨視と微視を交えながら、物事に対する彼の正直さがはっきり表れている。ときに新鮮な比喩を通して哲学的に展開するし、ときに対象に真正面から向き合って、抽象的ではなく、具体的に語っている。その対象は年齢と共に様々に変化してきた。とくに近年は死を題材にした詩やエッセイも多くなり、どんな厳粛なテーマを扱ってもそこにはユーモアが含まれている。

とは言っても、言葉の構成から見ると、谷川俊太郎のエッセイはやはり詩人もしくは文学者によるものだと私は思っている。どの言語にも言えることだが、詩と同じで、あるときに爆発的に読まれ人気を博したエッセイでも、時を経て繰り返し吟味されることは稀で、二度読まれることさえほとんどない。そしてそういうエッセイ作家も少なくない。つまり「使い捨て」のエッセイである。それはなぜだろうと考えてみれば、もちろん、ほかの要因も考えられるが、そのエッセイに含まれる文学性と世界性が足りないからではないかと思う。谷川俊太郎の場合は違う。彼のエッセイを読むと、読者のわれわれはたくさんのことを考えさせられる。エッセイに示唆されたものを考えれば考えるほど思考が深くなってくる。それから、みずみずしい感性で生き生きとした言葉を駆使して、われわれが普段気づかないことを、彼は鮮明に描き出してゆくのだ。ときにはごく些細なことから語り起こして、思いがけないほど大きな文学空間と思考空間が築かれることもある。新しい発見を通して読者につながってゆく、このようなエッセイは何回読んでも飽きが来ない。

一九九六年の夏に前橋で行われた世界詩人大会で初めて谷川俊太郎に逢ってから、二十数年の間、彼はそれまでと変わりなく、超人のように詩、エッセイ、翻訳などを精力的に大量生産してきた。中国語のことわざで言うなら「活到老、写到老（老いるまで生き、老いても書く）」ということだ。しかし、近年、とくにコロナ禍が終わってから、彼の肉体は目に見えて衰えている。しかし、作品の質は衰えていない。精神性もイマジネーションもまったく衰えが感じられない。

谷川俊太郎が卒寿になってからのある日、家にお邪魔したときに、玄関に置かれた車いすらしいものを見てショックを受け、とても不安だった。彼が車いすを使うようになるなんて一度も思わなかったし、想像もしなかった。長年のお付き合いの中で、彼はいつも元気いっぱいの少年のように、地球のあちこちを旅し、どこへ行っても、よく食べよく寝る、日本語で詩を読み、日本語でよくしゃべり、好奇心が強く、詩人の眼差しで世界と他者を撫でていた。

いまは毎日、谷川俊太郎はその車いすに乗っている。生まれ変わったかのように未知の世界と向き合っている。最初、車いすに乗った様子を見たときは、まるで少年時代に戻ったようだった。歩かなくともあの部屋この部屋に出入りできるから、気持ちよさそうに見えたが、やはり以前のように、二本（三本と言うべきか）の足で地球上を動いているのとは違う。車いすに乗る彼は以前の彼であり、以後の彼でもある。何回も車いすのすぐそばで言葉を交わしたが、その時に、彼の両足が少し地球と離れていることに気づいた。

谷川俊太郎という人間は詩の人であり、散文の人、ユーモアの人でもある。私が生まれる前には「宇宙詩人」だと言われたそうだが、どうか宇宙へ飛んで行ったりしないでください。地球上にあなたの詩、エッセイ、人柄、ユーモアを愛する人がたくさんいるのだから。

二〇二四年四月十五日　　稲毛海岸にて

（ティエン・ユアン　詩人、日本文学研究者）

考えることを考える	『「ん」まであるく』草思社　1985年10月
楽しむということ	同
水の連想	同
日本	同
自分の顔	同
本屋さん	同
あとから生まれたもの	同
暗さと無力	同
おとなの中の子ども	同
二元論	同
女へむかう男の心	同
隣人	同
移動と静止	同
「母の恋文」あとがき	『母の恋文』新潮社　1994年11月
ポポー	『ひとり暮らし』新潮社　2001年12月
恋は大袈裟	同
私の死生観	同
からだに従う	同
書くこと	『風穴をあける』草思社　2002年1月
本の恐怖	同
風穴をあける	同

収録一覧

失恋とは恋を失うことではない	『愛のパンセ』実業之日本社　1957年9月
青年という獣	同
女＊果てしなき夢	同
愛をめぐるメモ	同
沈黙のまわり	同
愛＊私の渇き	同
世界へ！	『世界へ！』弘文堂　1959年10月
自伝風の断片	『谷川俊太郎詩集』思潮社　1969年11月
五月の空	『散文』晶文社　1972年11月
五月に	同
室内について	同
私の海	同
33の質問	『谷川俊太郎の33の質問』出帆社　1975年8月
校歌は変る	『新選谷川俊太郎詩集』思潮社　1977年8月
困難と楽しみ	同
絵本と私	『ことばを中心に』草思社　1985年5月
「二十億光年の孤独」	同
子どもの〈詩〉	同
どこに？	同
詩・こんな書きかたもある	同
詩人問答	同
マザー・グース　訳者の一人として	同
ことばあそびをめぐって	同
言語から文章へ	同

編者略歴　田原（ティエンユアン）(Tian Yuan)

1965年11月10日中国河南省生まれ。91年5月来日留学。2003年『谷川俊太郎論』で文学博士号取得。現在、城西国際大学で教鞭をとる。中国版『谷川俊太郎詩選』を20数冊翻訳出版したほか、北園克衛など日本の現代詩人作品を翻訳。中国語、英語、韓国語、モンゴル語による詩集で、中国、アメリカ、台湾などで詩の文学賞を受賞している。2001年第1回「留学生文学賞」（旧ボヤン賞）受賞。2004年日本語で書かれた第一詩集『そうして岸が誕生した』を刊行。2009年第二詩集『石の記憶』で第60回H氏賞を受賞した。2013年第10回上海文学賞受賞、2015年海外華人傑出賞、2017年台湾第1回太平洋翻訳賞受賞。2019年『金子みすゞ全集』が2018年度中国優秀詩集ベストテンに選ばれる。

本書について

◎本書は、谷川俊太郎の既刊のすべてのエッセイ集から編んだ、集英社文庫オリジナルのエッセイ選集である。

◎収録作品は編者の田原が選び、原則として各編を収録した書籍の刊行年順・収録順に配列した。また、初出や執筆時期の判明しているものについては、末尾にそれを記載した。

◎校訂は、「収録一覧」に示した初版本を底本とし、その後に刊行された諸版とも校合の上、誤植等は著者了解のもとに訂正した。

◎エッセイには今日ではその表現に配慮する必要のある語句を含むものもあるが、差別を助長する意味で使用されていないこと、作品が書かれた時代背景等を考慮して、原則として発表時のままとした。

谷川俊太郎の本

私の胸は小さすぎる
恋愛詩ベスト96

デビューから七〇年近く現代詩をリードしてきた谷川俊太郎の全詩作品から、愛と恋の宇宙を感じる詩、九五作品を厳選。特別書き下ろしの新作詩一編も収録！

集英社文庫

谷川俊太郎の本

いつかどこかで
子どもの詩ベスト147

世界的詩人・谷川俊太郎の全作品から、永遠の童心を感じる詩、厳選した一四六作品に加えて、特別に書き下ろした新作詩一編も収録。貴重なベストセレクション。

集英社文庫

からだに従う　ベストエッセイ集

2024年6月25日　第1刷　　定価はカバーに表示してあります。

著　者　谷川俊太郎
編　者　田　原
発行者　樋口尚也
発行所　株式会社　集英社
東京都千代田区一ツ橋2-5-10　〒101-8050
電話　【編集部】03-3230-6095
【読者係】03-3230-6080
【販売部】03-3230-6393（書店専用）
印　刷　中央精版印刷株式会社　株式会社美松堂
製　本　中央精版印刷株式会社

フォーマットデザイン　アリヤマデザインストア　　マークデザイン　居山浩二

ISBN978-4-08-744664-7 C0195